BARBARA LABAN

Rebecca

Verflucht, ausgerechnet England!

CHICKEN HOUSE

Für Dario und Daniele

1

Wenn ich aus dem Fenster schaue, sticht mir das Grün in die Augen. Hügel, Bäume und Felder haben fast die gleiche Farbe, nur der Himmel ist hellblau mit weißen Wolkenstreifen. Die Luft hier drin ist echt stickig, es riecht nach Essen und alten Sportsocken. Als ich am Flughafen eingestiegen bin, hat mir der Betreuer ein in Plastik verpacktes Sandwich in die Hand gedrückt. Ich halte es immer noch fest, obwohl wir schon über zwei Stunden unterwegs sind. Die Folie klebt an meinen Fingern und ich habe inzwischen Abdrücke in das Brot gepresst.

Ich lege das Sandwich auf den einzigen freien Platz im Bus, den direkt neben mir. So ist das nämlich, wenn man auf den letzten Drücker eine Sprachreise bucht. Meine Freundinnen hatten schon andere Sommerpläne, also konnte niemand mitkommen. Die meisten Anbieter waren ausgebucht, also mussten meine Eltern auf irgendeiner Seite im Internet den letzten freien Platz buchen.

Im Moment bereue ich gerade sehr, dass ich mein warmes oranges Sweatshirt nicht eingepackt habe, denn am Flughafen fand ich es total kalt. Und das bei Sonnenschein im Juli. Apropos Juli. Das war der Monat, den wir im letzten Jahr in Italien am Strand verbracht haben. Der Sand war so heiß, dass man nur mit Flipflops darüberlaufen konnte, und das Meer warm genug, um sich darin stundenlang Bälle zuzuwerfen, ohne auch nur eine Gänsehaut zu bekommen.

Für einen winzigen Augenblick wäre ich gerne das Kind mit den gebrochenen Knochen. Natürlich will ich nicht wirklich diejenige sein, die mit einem Roller in die Straße abbiegt, gerade wenn Frau Schröder von nebenan zum ersten Mal ihren neuen Jeep ausfährt.

Mein kleiner Bruder Ben hat genau das gemacht. Und jetzt liegt er im Krankenhaus. Er hat zwei Beine und einen Arm in Gips und um den Kopf einen Verband, aus dem oben seine blonden Haare wie Stroh herausschauen.

Aber hätte ich mir anstelle von Ben alle Knochen gebrochen, wäre ich jetzt nicht auf dieser Reise. Und Ben würde nicht nerven. Der säße nämlich stattdessen im Bus. Obwohl man natürlich Fünfjährige nicht alleine auf eine Sprachreise nach England schicken kann.

Doch selbst wenn ich den schlimmsten Unfall in unserer Familiengeschichte gehabt hätte, nach allem was vor den Ferien passiert ist, würden mich Mama und Papa wahrscheinlich einfach in mein Zimmer einquartieren mit jeder Menge Mathearbeitsblättern und ohne Handy, Computer oder Fernseher. Ab und zu würden sie mir Essen bringen und dabei nur müde den Kopf schütteln, um mir zu zeigen, wie enttäuscht sie von mir sind.

Ich konzentriere mich auf die Stimmen in der Reihe vor mir. Dort sitzen zwei Jungs, die auf jeden Fall schlechter englisch sprechen als ich. Sie reden über Fußball, die englische Liga.

»Aber er ist todsicher der Trainer von Arsenal«, sagt der eine.

»No«, sagt der andere und spricht das ›o‹ ganz kurz aus. »Den meine ich nicht. Der war nicht bei Arsenal.«

Sie zählen ein paar Namen auf, die alle zu anderen Klubs gehören.

Irgendwann traue ich mich einzugreifen, aber ich muss tief Luft holen, bevor ich mich umdrehe.

»Ihr meint Arsène Wenger. Der war ewig Trainer von Arsenal, aber er hat vor einiger Zeit aufgehört.«

Ich weiß so viel über Arsenal, weil meine beste Freundin Lyra aus Wales kommt, Fußballfan ist und dauernd über die englische Liga redet. Beim Gedanken an Lyra wird mir wieder ganz flau im Magen, aber ich versuche die Jungs anzulächeln.

Die beiden könnten nicht unterschiedlicher aussehen. Der eine ist blass und hat glatte braune Haare, die ein bisschen ins Gesicht und über seine grünen Augen fallen. Er sieht cool aus und vielleicht ein winziges bisschen arrogant. Der andere hat wilde schwarze Locken und erinnert mich an den Jungen auf den Zeichnungen in meinem Latein-Buch.

»Richtig«, sagt er mit rollendem R und fasst sich mit der Hand an den Kopf. »Jetzt erinnere ich mich.«

Er schiebt seine Hand durch den Spalt zwischen den Sitzen und streckt sie mir entgegen. »Ich bin Carlo und komme aus Rom.« Wusste ich es doch.

Ich nehme seine Hand und schüttele sie kurz. »Rebecca, aus Hamburg.«

»Sander. Ich komme aus Groningen in Holland«, sagt der andere auf Englisch, dreht sich zu mir um und kniet sich auf seinen Sitz. »Ich spreche auch Deutsch.«

»Genauso schlecht wie Englisch?«, frage ich. Die beiden lachen und ich freue mich darüber. Sander und Carlo sind anscheinend in Ordnung und ich bin wirklich froh, dass ich jemanden zum Reden habe. Sie waren beide noch nie in England. Sander sagt, ihm wird schlecht, wenn der Bus auf der falschen Straßenseite fährt, dabei ist die Straße, auf der wir fahren, so schmal, dass der Bus sie fast ganz ausfüllt. Keine Ahnung, was passiert, wenn uns ein Auto entgegenkommt.

»Gewöhnt man sich ziemlich schnell dran«, sage ich und erwähne lieber nicht, dass ich vor zwei Jahren mit Mama und Papa in London beim Straßeüberqueren fast in ein Auto gelaufen wäre, weil ich in die falsche Richtung geschaut habe.

»Seht mal«, ruft Carlo aufgeregt und ich drehe den Kopf zum Fenster. In der Ferne, hinter den Büschen und Bäumen wird der Himmel immer heller und darunter, grau-blau schimmernd, sieht man das Meer.

»Denkt ihr, man kann in Seacliff schwimmen?«, fragt Carlo.

»Ist sicher nicht so warm wie in Italien«, sage ich und muss an den Urlaub im letzten Jahr denken, in dem noch alles in Ordnung war.

»Es macht viel mehr Spaß, in kaltem Wasser zu baden«, sagt Sander.

»Und wenn nicht, gibt es bestimmt jede Menge anderer Sachen, die man am Strand machen kann«, sage ich und versuche fröhlicher zu klingen, als ich mich fühle. Vor zwei Jahren bei unserem London-Besuch waren wir für ein Wochenende in Brighton am Meer. Da gibt es einen Pier, der ins Wasser führt, mit Spiel-Arkaden. Überhaupt stelle ich mir Seacliff ein bisschen vor wie Brighton. Alte herrschaftliche

Hotels mit hohen Fenstern, kleine Geschäfte, die Zuckerstangen und Fudge verkaufen. Weiße Kieselsteine, die man ins Wasser werfen kann, und einen Pier, auf dem man beim Spazierengehen aufs Meer schaut.

»*Attraktionen am Meer* stand auf dieser Website«, sagt Carlo. »Vielleicht gibt es eine Gokart-Bahn.«

»Und hoffentlich eine Trampolinhalle«, sagt Sander und streicht sich die Haare aus der Stirn, sodass ich eine kleine Narbe über seiner Augenbraue erkenne. »Mein Cousin wohnt in Manchester. Er sagt, in England gibt es überall welche.«

Wir unterhalten uns weiter über die Sachen, die wir gerne in Seacliff machen wollen, auch wenn uns ab und zu die Vokabeln fehlen. Manchmal sage ich dann etwas auf Deutsch und Sander kennt das englische Wort. Oder Carlo erklärt etwas mit Händen und Füßen und Sander und ich raten. Keine Ahnung, wie lange wir jetzt schon gefahren sind.

Inzwischen haben Carlo, Sander und ich alle Gummibärchen aufgegessen, die Oma mir vorletzte Woche mitgebracht hat. Sie hat nicht viel gesagt, aber seit die Sache mit mir und Lyra aufgeflogen ist und Mama und Papa so sauer sind, schenkt Oma mir jedes Mal Gummibärchen, wenn wir uns sehen. Diese Tüte ist extra groß, wahrscheinlich weil sie es auch doof findet, dass ich last minute alleine in den Sprachurlaub abgeschoben werde.

Gerade erklärt Carlo, was seine liebsten Süßigkeiten sind, als der Mann, der uns am Flughafen abgeholt hat, plötzlich neben mir steht.

Er ist nicht besonders groß, sehr dünn und hat einen enormen Schnurrbart unter der Nase mit zwei nach außen gerollten Enden. Vorgestellt hat er sich mit dem Namen Gary, glaube ich zumindest. Ich kann ihn wirklich kaum verstehen.

»In wa muten in scliff a«, sagt er und ich schaue zu Carlo, um zu sehen, ob er vielleicht etwas begreift. Carlo fährt sich ratlos mit der Hand durch die dunklen Locken.

Gary läuft weiter nach hinten und wiederholt seine Botschaft.

»Er meint, wir sind gleich da«, sagt Sander und lehnt sich lässig nach hinten.

»Woher weißt du das denn?«, frage ich. Im selben Moment sehe ich das große, halb verrostete Schild, an dem wir vorbeifahren. »Welcome to Seacliff – Home of the Black Raven.«

Die Straße wird immer enger, als wir in den Ort fahren. Inzwischen bin ich besorgt, dass der Bus gleich an einem der Häuser entlangschrammt, die eng aneinandergepresst den Weg säumen. Ich halte die Luft an.

Als das Schlimmste überstanden ist, wird es noch einmal knapp, denn der Bus muss um die Ecke biegen, auf die Straße, die am Meer entlang verläuft. Er schafft es gerade, ohne das letzte graue Eckhaus zu streifen, und ich atme erleichtert auf.

Rechts von uns blicken wir auf das schäumende Meer, links stehen vereinzelt kleine Häuser mit Geschäften darin, aber hier erinnert auch wirklich gar nichts an Brighton. Mama hatte vergessen zu erwähnen, dass Seacliff eher ein Dorf als eine Stadt ist. Und nach allem, was ich bisher erkennen kann, ein halb verlassenes Dorf mit jeder Menge Häusern, an denen die Fenster und Türen mit Brettern vernagelt sind. Oder wussten Mama und Papa Bescheid und sie haben mich absichtlich ans Ende der Welt geschickt? In ein einsames kleines Dorf, in dem ich garantiert nichts anstellen kann.

Ich sehe abwechselnd zu den Jungs, die gar nichts mehr sagen. Anscheinend ist ihnen auch aufgefallen, dass es hier ganz schön verlassen aussieht. Überhaupt ist es im Bus ziemlich still geworden.

2

Zehn Minuten später stehen wir im Nieselregen vor den Gepäckfächern, aus denen Gary unsere Koffer zieht. Mein Koffer ist peinlicherweise leicht zu erkennen mit den großen roten Punkten und dem halb abgerissenen Griff. Mama konnte so schnell nichts anderes finden; in Gedanken war sie bestimmt die ganze Zeit im Krankenhaus bei Ben.

Was werden wohl meine Gasteltern denken, wenn sie mein Gepäck sehen? Im Gegensatz zu mir hat Sander nur einen ziemlich kleinen Rucksack dabei, in den wahrscheinlich nicht einmal ein paar Ersatzschuhe passen. Ganz schön mutig für drei Wochen.

Insgesamt sind wir zu zwölft; drei von den Mädchen hängen die ganze Zeit zusammen, sie sprechen auch deutsch. Zwei Jungs sehen aus wie Brüder, der eine ist so jung, dass ich mich frage, ob er wirklich schon zehn ist. So alt muss man mindestens sein, wenn man hier mitfahren will. Ich bin zwölf, ein Jahr jünger als Carlo und Sander.

Gary hat eine Liste mit Namen dabei und zuerst wird ein Mädchen mit langen, blonden Haaren und Cowboystiefeln abgeholt, die Lisa heißt. Sie wirkt total cool, als würde sie das alles hier nicht interessieren. Ihre Gasteltern sehen sehr gemütlich aus und lächeln, als sie ihr den Koffer abnehmen.

Inzwischen ist es chaotisch geworden auf dem Parkplatz. Viele Gasteltern kommen gleichzeitig an und Gary hat Probleme, uns schnell zuzuteilen. Zumindest scheinen die Einheimischen sein Genuschel zu verstehen. Sander ist auf einmal verschwunden, was mich komischerweise nervös macht.

Mein Herz klopft schneller und mein Gesicht fängt an zu brennen. Ich will auf keinen Fall mit dem riesigen Mann mitgehen, der so streng aussieht wie mein Mathelehrer. Oder mit der Frau, die ein weinendes Baby im Tragegurt vor dem Bauch trägt und einen kleinen Jungen, der gerade mal laufen kann, an der Hand hinter sich herzieht. Nichts gegen Babys, aber ich bin froh, dass Ben endlich fünf ist, auch wenn er sich meistens wie ein Kleinkind benimmt.

Es trifft Carlo, und der sieht eigentlich ganz glücklich aus. Er winkt mir kurz zu und ruft: »Ciao, bis morgen.«

Der Seewind pfeift inzwischen so stark um meinen Kopf, als ob wir aus Versehen in Grönland gelandet wären. Ich hoffe, dass auch meine Wollmütze im Koffer gelandet ist. Wenn es hier immer so stürmt, werde ich sie auch anziehen. Juli hin oder her.

Ich reibe nervös meine Hände und will eigentlich nur noch abgeholt werden, nachdem fast alle anderen aus dem Bus mit ihren Gasteltern verschwunden sind, außer einem Jungen mit Nickelbrille, der tatsächlich Hosenträger anhat.

Gerade als ich mir überlege, besser mal bei Gary nachzufragen, kommt eine Frau im Trenchcoat auf uns zu. Ihre Haare schwingen in perfekten, blonden Locken um ihren Kopf und sie strahlt übers ganze Gesicht, so als würde sie sich riesig auf etwas freuen, und winkt Gary schon von Weitem zu.

Gary legt dem Hosenträgerjungen den Arm um die Schulter und sagt etwas, das so klingt wie *lucky boy.* Seine Gesichtsfarbe hat sich gerade von leichenblass zu tomatenrot verändert.

Ich bin total enttäuscht, als die Frau tatsächlich den Jungen und nicht mich abholt. Sie sieht genauso aus, wie ich mir meine Gastmutter vorgestellt habe.

Aber noch habe ich eine Chance auf die perfekte Gastfamilie – am liebsten ein sportliches Paar, das noch keine Kinder hat, total cool ist, wenn es um Bettgehzeiten geht, und am liebsten Pizza zum Abendbrot isst. Das mit dem Essen ist eigentlich egal. Hauptsache, sie sind lustig und verstehen Spaß.

Gary sieht immer noch der Frau im Trenchcoat hinterher, die jetzt in die enge Straße einbiegt, mit dem schwarzen Lederkoffer des Jungen in der Hand.

»Das war Lucy«, sagt er mehr zu sich selbst als zu mir und lächelt dabei verträumt.

Bis jetzt sind alle zu Fuß abgeholt worden, deswegen erschrecke ich, als auf einmal ein knatterndes Motorengeräusch ertönt. Kurz darauf werde ich fast von einem schwarzen Mini überfahren. Um genau zu sein, von einem schwarzen Mini Cabriolet. So eins hat auch Frau Schröder gefahren, bevor sie sich den Jeep angeschafft hat.

Zum Glück kann ich noch rechtzeitig zur Seite springen, bevor ich mich mit der Frage beschäftige, wer bei diesen Temperaturen wohl mit offenem Dach fährt.

Ich habe mich noch nicht richtig vom Schock erholt, als sich die Tür des Minis öffnet und eine kleine, grauhaarige Dame in schwarzem Kostüm und dickem rosa Wollschal mit einer erstaunlich tiefen Stimme aussteigt. Ihr Akzent gleicht dem von den Sprechern, die wir immer im Englischunterricht hören müssen – gestochen scharf.

Sie holt einen Gehstock aus dem Mini, mit dem sie auf mich zeigt. Dann sagt sie mit klirrender Stimme zu Gary: »Das ist ja wohl nicht dein Ernst. Ich hatte gesagt, ich will auf keinen Fall ein Mädchen, und ganz sicher nicht so ein dürres Geschöpf mit tellergroßen Augen, das aussieht, als könnte der kleinste Windhauch sie umwehen. Zu meiner Zeit hat man sich übrigens die Haare zusammengebunden, vor allem, wenn man so viele davon hat.«

Sie mustert mich streng und ich merke, wie meine Wangen knallrot werden. Ich bringe keinen Ton heraus, greife nach meinem Koffer und stolpere ein paar Schritte nach vorne.

Gary tritt verlegen von einem Fuß auf den anderen, dann spüre ich seine Hand auf meinem Rücken und höre, wie er leise »viel Glück« flüstert. Zumindest hört es sich so an.

3

Meine schlimmsten Befürchtungen werden wahr. Mama und Papa haben mich für drei Wochen abgeschoben. Vielleicht haben sie sogar ausdrücklich eine strenge Gastfamilie für mich vorgeschlagen.

Und deshalb bin ich bei einer gemeinen alten Frau gelandet, die mir zum Frühstück Blutwurst und zum Abendessen Kohlsuppe oder Schlimmeres serviert. Nur sieht es im Moment nicht mal so aus, als würde ich es überhaupt bis zum Abendessen schaffen.

Die Frau, deren Namen ich noch nicht einmal kenne, hat nämlich den Fahrstil eines Formel-1-Fahrers. Stimmt nicht, sie *denkt*, sie ist ein Formel-1-Fahrer. Ihr Fuß klebt quasi am Gaspedal fest. Sie hat inzwischen dreimal die Kante des Bürgersteigs gerammt und zweimal nur ganz knapp einen Frontalzusammenstoß mit Autos, die uns entgegenkommen, vermieden. Das Verrückte ist, dass diese Beinahe-Unfälle sie überhaupt nicht erschrecken. Stattdessen schimpft sie über die anderen Fahrer und ruft Worte, von denen ich weiß, dass wir sie sicher nicht im Englischunterricht gelernt haben.

Meine Zähne klappern, während der Fahrtwind mir brausend um den Kopf bläst. Ich kralle meine Finger in den Jackentaschen fest, aus purer Verzweiflung und vor Kälte, nicht weil es mir irgendetwas nützt.

Zu meinem Entsetzen haben wir jetzt auch noch den Ort verlassen und rasen weiter am Meer entlang, die Küstenstraße nach oben, die auf der linken Seite (da sitze ich) steil in Richtung Wasser abfällt. Meine Gastmutter scheint die Strecke im Schlaf zu kennen, denn sie hält das Lenkrad lässig mit nur einer Hand fest, an der ein dicker, lila Ring prangt.

In Seacliff zu wohnen habe ich mir schon schlimm genug vorgestellt, aber *außerhalb* von Seacliff zu leben, das muss die Hölle sein. Und wie soll ich jemals zurück ins Dorf kommen, zum Unterricht oder irgendwelchen anderen Aktivitäten?

Als hätte sie meine Gedanken erraten, ruft die Frau mir auf einmal etwas zu. »Es gibt einen Wanderweg zurück nach Seacliff. Wenn du gut zu Fuß bist, kannst du es in dreißig Minuten schaffen.«

Für eine Sekunde glaube ich, ich habe mich verhört. Ängstlich rufe ich zurück: »Thirteen minutes?«

Sie lacht auf. »Thirtyyyy!«

Als sie zur Seite sieht, kommt der Mini dem Abgrund so nahe, dass ich aufschreie, und sie hört wenigstens auf zu lachen. »Habe ich's doch gewusst. Ich wollte einen Jungen. Einen, dem ein bisschen Spazierengehen nichts ausmacht und der nicht so ein Angsthase ist. Jungs werden wenigstens nicht hysterisch.«

Ich schnappe nach Luft, weil mir so viele Sachen einfallen, die ich gerne erwidern möchte. Zum Beispiel, dass ich locker stundenlang am Stück laufen kann, wie im letzten Bergurlaub, und dass ich die Einzige in der Familie bin, die keine Höhenangst hat, und die Einzige, die Spinnen mit der Hand anfassen kann. Aber dann denke ich an das Versprechen, dass ich Papa gegeben habe. Höflich zu sein, wie die Engländer. Pass dich an und denke nicht immer nur an dich selbst, hat er gesagt.

Dabei habe ich doch genau das gemacht. An Lyra gedacht und wie ich ihr helfen konnte. Wenn mir nur mal jemand richtig zuhören würde. Papas trauriger Gesichtsausdruck war einfach zu viel. Also habe ich nichts gesagt, sondern nur genickt und ihn kurz umarmt.

Auf einmal fällt mir ein, was in dem Brief über die Sprachreise stand. Wenn ich mit meiner Gastfamilie nicht zufrieden bin, kann ich einfach Bescheid sagen. Es ist jederzeit möglich, zu wechseln. Und genau das werde ich machen, sobald sich die erste Gelegenheit bietet. Das steht fest.

Aber dann fährt der Mini mit quietschenden Reifen um eine Haarnadelkurve und für ein paar Sekunden sind all meine düsteren Gedanken verschwunden und ich vergesse sogar, dass ich vor Kälte zittere. Selbst als das Auto mit einem gewaltigen Ruck anhält, der mich nach vorne schleudert und fest in den Gurt presst, kann ich meinen Blick nicht abwenden von dem, was vor uns liegt.

Ein riesiges altes Gebäude mit zwei Türmen und schmalen rechteckigen Fenstern. Ich muss mich ganz nach vorne beugen, um die Turmspitzen durch die Windschutzscheibe zu sehen. Moos und Regen haben die graubraunen Steine verfärbt und das runde Eingangstor sieht aus, als wäre daran einmal eine Zugbrücke befestigt gewesen.

»Willkommen auf Schloss Blackhill«, sagt die Frau, als sie mit einem Ruck meine Tür aufzieht. »Du musst mich nicht

Lady Blackhill nennen, Mrs Lydia reicht vollkommen, aber jetzt solltest du wirklich aussteigen, es sei denn, du willst in Pumpkin übernachten.«

Ich muss ziemlich bescheuert aussehen, denn Mrs Lydia schaut mich jetzt fast mitleidig an, und ich schließe schnell meinen offen stehenden Mund.

»So nenne ich mein Auto«, erklärt sie. »Weißt du, was Pumpkin heißt? Die Kutsche, Cinderella und so.«

Natürlich kenne ich das Wort, aber im Moment bin ich einfach zu überrascht, um irgendwas zu sagen, also nicke ich einfach und folge ihr aus dem Auto. Der Koffer wiegt schwer in meiner Hand und meine Beine fühlen sich an wie Pudding nach der aufregenden Autofahrt. Ich folge einfach Mrs Lydia, die ein ganz schönes Tempo vorlegt über den Parkplatz mit den Kieselsteinen und durch ein schweres Holztor, das knirscht und quietscht, als sie es aufdrückt.

Kurz darauf stehe ich tatsächlich in der Eingangshalle von Schloss Blackhill und atme kühle, modrige Luft ein.

»Du schläfst im Turmzimmer«, verkündet Mrs Lydia, als sie ihre Handtasche auf einen abgewetzten grünen Ledersessel wirft, »da scheint am ehesten die Sonne rein und die Ratten meiden das helle Licht.«

Ist das vielleicht der berühmte englische Humor, von dem alle immer sprechen? Ich ziehe meine Mundwinkel nach oben, damit es so aussieht, als ob ich lächle, so stark, dass ich morgen wahrscheinlich Muskelkater im Kiefer haben werde, und auch Mrs Lydia lächelt gequält. »Es ist ja zum Glück Sommer, zumindest steht das so im Kalender. Also wirst du mir schon nicht erfrieren. Im Notfall gibt es ja auch noch die warme Dusche. Die ist allerdings unten im Keller, gleich neben der Küche. Und nur zwischen vier und sechs Uhr nachmittags bitte. Es wäre pure Verschwendung, das Wasser den ganzen Tag über zu heizen.« Sie sieht mir dabei zu, wie ich verzweifelt versuche meinen Kiefer zu entkrampfen. Dabei kräuselt sie spöttisch ihre rosa geschminkten Lippen.

»Wie wär's, wenn du jetzt deine Sachen nach oben bringst? Immer der Wendeltreppe nach, bis ganz oben. Dein Abendessen kannst du auch gleich mitnehmen.« Sie streckt ihre Hand aus, in der sie eine grüne Plastiktüte hält. Als ich mir die Sache genauer ansehe, entdecke ich darin ein in Plastik gewickeltes Sandwich und einen Pappkarton mit Saft.

»Morgen Abend koche ich was«, sagt sie, »heute hatte ich einfach keine Zeit dafür.«

Ich ziehe meine Mundwinkel noch weiter nach oben, aber mein Lächeln sieht mit Sicherheit genauso unecht aus wie Mrs Lydias.

Morgen Abend, denke ich, kannst du kochen, was du willst. Denn dann bin ich bestimmt nicht mehr hier.

4

Zunächst ist von einer Wendeltreppe nichts zu sehen. Die Treppe, die nach oben führt, ist kerzengerade mit steinernen Stufen, die in der Mitte ganz glatt und abgewetzt sind. Es riecht nass und nach Mottenpulver, das aus den schweren, grünen Samtvorhängen ausdünstet, die vor den Fenstern hängen. Als ich mich damit abmühe, den schweren Koffer nach oben zu schleppen, stoße ich dagegen und eine Staubwolke rieselt auf mich herunter.

Im ersten Stock führen lange, holzgetäfelte Gänge nach links und rechts, aber ich entdecke sofort die Wendeltreppe gegenüber von den Steinstufen. Eigentlich würde ich gerne die Gänge erkunden. Vielleicht führen sie in prunkvolle Zimmer mit Wandteppichen und goldenen Verzierungen. Aber ich habe keine Lust, von Mrs Lydia beim Stöbern erwischt zu werden. Außerdem will ich auspacken und zu Hause anrufen. Meine Wangen brennen und auch ohne Spiegel weiß ich, dass sie knallrot sind. Eine leichte Hautirritation nennt das Doktor Hartmann und meinte, dass ich da schon wieder rauswachse. Vorsichtig in der Sonne sein und nicht zu viel Stress, war sein Ratschlag. An der Sonne kann es jedenfalls nicht liegen, dass ich das Gefühl habe, jemand fackelt kleine Lagerfeuer in meinem Gesicht ab.

Auf meinem Weg nach oben bekomme ich fast einen Drehwurm. Knarzend biegt sich das Holz unter meinen Füßen und ich frage mich, ob der Aufstieg jemals ein Ende hat. Zum Glück gibt es kleine rechteckige Fenster im Turm, durch die ich ab und zu einen Blick auf die umliegenden Hügel, das Meer und die Wolken, die der Wind vor sich hertreibt, erhaschen kann. Und dann endlich ist es geschafft.

Keuchend werfe ich meinen Rucksack auf den Boden und entdecke im Halbdunkel eine Tür direkt gegenüber der Treppe.

Mrs Lydia hatte recht. Die Sonne scheint gerade mit voller Wucht durch das einzige große Fenster in den Raum. Ein paar Sekunden später wird es wieder dunkel, als eine dicke Regenwolke sich vor die Sonne schiebt. Für einen Augenblick vergesse ich, dass ich nie hierherkommen wollte, und bestaune das tosende, graue Meer tief unter mir. Ich setze mich auf die breite Fensterbank und sehe in die Ferne. Nicht weit vom Fenster entfernt kreisen drei Raben krächzend am Himmel.

Das Zimmer wirkt wie aus einer anderen Zeit. Direkt neben dem Fenster steht ein riesiges Himmelbett, mit durchsichtigen, blauen Vorhängen. An seinem Fußende befindet sich ein Holzschrank, in dem man wahrscheinlich die Kleidung meiner ganzen Familie unterbringen könnte, so groß ist er. Der Schreibtisch und der Stuhl dagegen sehen super zerbrechlich und zart aus, mit gebogenen Stuhl- und Tischbeinen und schimmernden, hellen Mustern im braunen Holz.

Am beeindruckendsten aber sind die vielen Gemälde an den Wänden, darunter vier nebeneinanderhängende Porträts, auf denen Mädchen zu sehen sind.

Wenn ich im Geschichtsunterricht besser aufgepasst hätte, wüsste ich vielleicht, aus welcher Epoche die Bilder stammen und ob sie überhaupt alle aus derselben Zeit stammen. Wahrscheinlich nicht, denn auf den ersten beiden Gemälden sind altmodische Kopfbedeckungen zu sehen.

Am besten gefällt mir das Bild ganz links. Das Mädchen darauf hat pechschwarze Haare, von denen nur zwei Strähnen auf ihre Schultern fallen. Der Rest ist kunstvoll auf ihren Kopf frisiert. Ihre Augen sind tiefschwarz und geheimnisvoll, aber trotzdem wirkt sie fröhlich und voller Leben. Unten auf dem Bild stehen drei Buchstaben. HSB.

Ich weiß nicht, wie lange ich vor dem Bild stehe, als mich das Klingeln meines Handys aus meinen Gedanken reißt. Mist, ich hätte schon längst zu Hause anrufen müssen.

»Hallo?«

»Rebecca«, sagt Mama leise und ich fühle einen Stich im Magen, weil ich ganz cool klingen will, aber sie gleichzeitig so sehr vermisse.

»Ich bin angekommen.« Ich überlege, was ich noch alles erzählen könnte. Dass ich zwei ganz nette Jungs im Bus kennengelernt habe, dass Seacliff ein ziemlich hässlicher kleiner Ort ist und dass ich im Moment bei Mrs Lydia auf Schloss Blackhill bin. Und von der furchterregenden Autofahrt. Du redest wie ein Wasserfall, hat Mama früher immer gesagt. Aber das war vor der Sache mit Lyra. Zum Glück fängt Mama an zu sprechen.

»Wie ist denn das Essen?«, fragt sie.

Ich sehe auf die grüne Plastiktüte auf meinem Bett.

»Ich hab noch nichts probiert«, sage ich wahrheitsgemäß, »sieht alles irgendwie komisch aus ...«

»Rebecca,« ruft Mama, »du musst was Vernünftiges essen.«

Ich höre Papa im Hintergrund und merke, dass Mama mit ihm diskutiert. Dann kommt er selber ans Telefon.

»Na«, sagt er, »ich hoffe, dein Abenteuer hat gut begonnen. Hör mal, wir müssen dir was erzählen. Es gibt da ein Problem mit Bens Bein. Leider war es doch kein einfacher Bruch und die Ärzte müssen ihn operieren. Wir hoffen natürlich, dass alles gut läuft ...«

Ich kann Papa nicht genau verstehen, denn alles, was ich höre, ist Mamas leises Weinen im Hintergrund und dass Papas Stimme heiser und belegt ist.

»... und deswegen sind wir jetzt erst mal eine Weile im Krankenhaus. Aber du kannst uns jederzeit anrufen«, sagt Papa.

»Kann ich mit Ben reden?«, frage ich.

»Im Moment nicht, Rebecca. Er schläft gerade und nach der Operation braucht er sicher Zeit, sich zu erholen. Aber sobald es geht, sagen wir natürlich Bescheid. Er vermisst dich schon ganz doll.« Papas Stimme klingt gepresst, als würde es ihn anstrengen, mit mir zu sprechen, und dann fängt auch noch die Leitung an zu knattern.

Und ihr?, will ich fragen. Vermisst ihr mich auch?

»Aber sag schnell, wie es dir geht. Hast du eine nette Gastfamilie? Und wie sind die anderen Kinder so?« Ich kann Papa kaum noch verstehen.

»Alles super«, lüge ich. »Der Ort ist klein, aber ganz gemütlich und meine Gastmutter ist freundlich und ziemlich verrückt. Ich wohne auf einem Schloss ... Das könnt ihr euch gar nicht vorstellen.«

»Verstehe.« Jetzt klingt es, als würde Papa von einer Raumstation aus anrufen. »Aber ich kann dich kaum noch hören«, sagt er. »Schick einfach eine Nachricht, wenn irgendetwas ist. Und Rebecca – Mama und ich verlassen uns auf dich.«

Als er auflegt, schwirrt mir der Kopf. Was ist nur los mit Ben? Mama und Papa klangen wirklich besorgt. Und Papa ist selber Arzt, also muss es schon wirklich schlimm sein, wenn er so bedrückt ist. Aber natürlich konnte er sich den letzten Spruch nicht verkneifen. *Wir verlassen uns auf dich.* Na toll!

Ich sitze auf dem Bett und sehe in das Gesicht des schwarzhaarigen Mädchens auf dem Porträt gegenüber. Mir kommt es fast vor, als würde sie mir zuzwinkern. *Alles halb so schlimm. Du machst das schon.*

Was anderes bleibt mir wohl nicht übrig. Von meinen Eltern kann ich jedenfalls keine Hilfe erwarten. Also muss ich das selber regeln. Und das Erste, worum ich mich morgen früh kümmern werde, ist eine neue Gastfamilie.

5

Am nächsten Morgen werde ich von lauten Geräuschen geweckt. Es dauert einen Moment, dann begreife ich, dass der Wind wie ein Schlossgespenst durchs Zimmer heult. Meine Füße fühlen sich an wie Eisklumpen.

Mrs Lydia ruft meinen Namen, als handele es sich um das Kommando eines Oberfeldwebels: »RE-BEC-CA!« Ihre Stimme hallt durchs ganze Schloss.

Zum Glück finde ich ein paar dicke Socken in meinem Rucksack, dann stopfe ich schnell die Tüte mit dem Sandwich nach ganz unten, greife nach meiner Tasche und renne die Treppen hinunter.

Unten angekommen habe ich Schwierigkeiten, die Küche zu finden, aber dann erinnere ich mich, dass sie im Souterrain liegt. Stufen führen durch einen engen, unbeleuchteten Gang und ich taste mich vorsichtig an den Wänden entlang.

Dann wird es heller und ich höre Geräusche. Die Küchenfenster liegen ebenerdig mit einem Weg voll Kieselsteinen und einer Hecke dahinter. Sie sind so verstaubt, dass man kaum durchsehen kann. Mrs Lydia steht davor und blickt nach oben zu dem bisschen Himmel, das man von hier aus sehen kann. »Kein Regen heute«, sagt sie, »zumindest nicht bis halb vier. Bis dahin solltest du wieder zurück sein.«

Heute trägt sie ein graues Kostüm, darunter eine weiße Bluse mit Stehkragen. Derselbe pinke Lippenstift. Um ihre Augen befinden sich schwarze Punkte. Ganz klar die Abdrücke von zu viel Wimperntusche.

»Und jetzt hast du noch genau zehn Minuten Zeit zu frühstücken. Dass Mädchen immer so lange morgens vor dem Spiegel stehen müssen.«

Ich wüsste gerne mal, wie viel Zeit Mrs Lydia damit verbracht hat, ihr Make-up aufzutragen.

Sie dreht sich um und mustert mich von Kopf bis Fuß. Dabei müsste ihr eigentlich auffallen, dass ich heute morgen noch nicht mal in einen Spiegel gesehen hab. Ich kann die Nester in meinen Haaren fühlen und vermutlich klebt auch noch Zahnpasta in meinen Mundwinkeln. Wenigstens fühlt sich mein Gesicht kühl an.

Mrs Lydia deutet auf den riesigen Holztisch in der Mitte des Raums. Dort stehen eine einsame kleine Schüssel und eine Tasse mit abgebrochenem Henkel.

»Cornflakes oder Weetabix?«, fragt sie, ohne mich anzusehen.

Eine Stunde später sitze ich an meinem Tisch neben Sander und mein Magen fängt bereits an zu knurren. Papa sagt immer, er müsste zum Frühstück einen Bären jagen, damit man mich satt bekommt. Das stimmt natürlich nicht, aber eine Schüssel Cornflakes ist definitiv zu wenig.

Sander kann nicht aufhören zu lachen. Deshalb drehen sich alle dauernd nach ihm um. Lisa hört gar nicht auf ihn anzustarren.

Auf der Website klang der Unterricht nicht schlecht. *Kom-*

munikation, Rollenspiele, Wettbewerbe – eine Schule, die wirklich Spaß macht!

Im Moment passiert allerdings wenig, weil außer uns keiner hier ist. Sander und ich reden mit Cara, Sophie und Emma. Die drei kommen aus München und sind hier, weil der Sprachkurs in Brighton, den sie eigentlich gebucht hatten, plötzlich abgesagt werden musste. Sie gehen in Deutschland auf dieselbe Schule, sind beste Freundinnen und lachen und reden die ganze Zeit durcheinander.

Der Junge mit den Hosenträgern, der gestern von der hübschen, blonden Frau abgeholt wurde, sitzt in der ersten Reihe und schreibt in ein Schulheft. Ich drehe mich um und suche vergeblich nach Carlo. Gerade als ich Sander fragen will, öffnet sich die Tür und Carlo stolpert herein, seine Locken stehen wild in alle Richtungen von seinem Kopf ab.

»Sorry, sorry«, ruft er mit rollendem R und es dauert eine Weile, bis er begriffen hat, dass der Unterricht noch gar nicht angefangen hat.

Keuchend lässt er sich auf den leeren Platz neben mir fallen und zieht Bücher, Hefte und Stifte, die er bis über meinen Tisch verstreut, aus einer alten, zerbeulten Ledertasche.

»In meiner Gastfamilie«, sagt er, während er alles auf dem Tisch anordnet, »geht es schlimmer zu als bei uns zu Hause. Das Baby schreit die ganze Zeit. Die zwei Jüngeren werfen mit Essen und die große Schwester hat mich mit Fragen gelöchert. Ich habe aber nix kapiert. Null. Dann hat sie zu ihrer Mutter gesagt, dass ich ziemlich blöd bin, aber das habe ich verstanden. Leider.« Er seufzt. »Dann habe ich dem Baby die Flasche gegeben, den Kindern Frühstück gemacht und mein Lunchpaket gepackt.«

Beim Stichwort Essen fängt mein Bauch wieder an zu rumoren und Carlo sieht mich erstaunt an.

Bevor er etwas sagen kann, ertönt eine tiefe Stimme durch den Raum, die uns alle sofort zum Schweigen bringt, sogar meinen Bauch.

»Boys and girls. Willkommen in Seacliff. Perle am Ärmelkanal, Stadt der Raben und der Ort, an dem ihr alle Oxford-Englisch lernen werdet. Manche von euch zumindest.«

Mit diesen Worten schlendert ein Mann durch den Raum, bis er den Lehrerschreibtisch erreicht hat. Er dreht sich blitzschnell einmal um die eigene Achse, steht uns gegenüber und zaubert ein unglaublich breites Lächeln hervor.

»Darf ich mich vorstellen«, sagt er und streicht sich über seine kurzen, braunen Haare, bevor er die Hand breit gefächert auf seine Brust legt.

»Ich bin Jester Bunton, Bürgermeister von Seacliff, Retter der Raben und bester Tänzer in der Grafschaft Suffolk.« Er fängt an zu lachen und diejenigen von uns, die ihn verstanden haben, lachen auch.

»Ihr müsst entschuldigen«, sagt er und redet etwas langsamer. »Ihr seid ja die ersten Sprachschüler, die unser hübsches Städtchen zu sehen bekommt, und am Anfang geht immer etwas schief. Der Lehrer, der euch unterrichten sollte, hat leider kurzfristig abgesagt. Eine herbe Enttäuschung für uns alle, muss ich gestehen.«

Getuschel geht durch den Raum. Ich schau zu den zwei Brüdern, die ich gestern im Bus gesehen habe. Der Kleinere, der nicht so aussieht, als ob er schon zehn ist, beschwert sich am lautesten. Sein älterer Bruder flüstert ihm etwas ins Ohr und beide schütteln verärgert den Kopf. Daneben sitzt ein schwarzhaariger Junge in einem Barcelona-Trikot, der missmutig vor sich hin starrt.

»Aber wir sollten uns die Laune von solchen Kleinigkeiten nicht verderben lassen«, sagt Jester Bunton und strahlt uns an. »Mir fällt immer und zu jedem Problem eine Lösung ein! Ihr werdet es mir vielleicht nicht glauben«, sagt er und dreht den Kopf in meine Richtung. Dann geht er langsam auf mich zu und ich lege meine Hand auf meine rechte Wange, die auf einmal ganz heiß wird. Jester Buntons Stimme wird tiefer und leiser: »Aber hier in Seacliff kann man richtige Abenteuer erleben.« Vielleicht bilde ich es mir nur ein, aber ich könnte schwören, er zwinkert mir zu.

6

Jester Bunton geht durch die Reihen und wirft ein paar Hefte auf die Tische. Eins davon ist ein ziemlich chaotischer Prospekt von Seacliff, der außer ein paar Bildern vom Meer und den eng aneinanderstehenden Häusern nichts zeigt. Bis ich ihn aufklappe und dort ein riesengroßes Bild von Schloss Blackhill erscheint.

»Da wohne ich,« flüstere ich aufgeregt zu Sander, der mich mit großen Augen ansieht. Carlo reißt mir hektisch den Prospekt aus der Hand, wobei er seine Stifte auf den Boden fegt.

Aber bevor Carlo etwas sagen kann, donnert schon wieder Mr Buntons Stimme durchs Zimmer. »Und jetzt bringt ihr mal ein paar nette Sätze zu Papier und schreibt auf, was euer erster Eindruck von unserem hübschen Städtchen ist. Je begeisterter, desto mehr Sternchen-Aufkleber bekommt ihr von mir.« Er hält ein Paket mit Stickern in die Höhe und Cara, Emma und Sophie kichern. Ich frage mich, was Lyra zu dem Notizbuch in Einhornform sagen würde, auf das Emma gerade ihren ersten Aufkleber klebt. Lyra hasst nichts mehr als Rosa.

Mr Bunton lässt sich nicht beirren. »In zwanzig Minuten bin ich zurück und dann sehen wir, was euch so eingefallen ist.« Meint er das ernst? Aufsätze schreiben könnte ich auch zu Hause.

Am Fenster rüttelt der Wind. Ich beuge mich nach vorne und versuche durch die schmutzige Scheibe zu erkennen, ob ein Sturm anrückt. Die Wolken treiben mit affenartiger Geschwindigkeit über den grau-blauen Himmel. In der Ferne biegen sich ein paar Bäume, dahinter geht der Horizont ins Meer über.

»Gibt's hier eigentlich kein Wifi?«, ruft der Junge im Barcelona-Shirt, auf dessen Rückseite Miguel steht.

Das löst sofort ein Riesengeschnatter aus. Lisa brüllt: »Nee, und in meiner Gastfamilie auch nicht. Das ist echt das Letzte. Ich musste gestern meine Eltern vom Festnetz anrufen.«

Die zwei Brüder stecken die Köpfe zusammen und der Ältere beschwert sich dann, man hätte ihnen gesagt, nach Dänemark könnten sie vom Festnetz aus sowieso nicht anrufen, und der Computer bei ihren Gasteltern sei kaputt, deshalb konnten sie nicht mal eine E-Mail schicken.

Als ich erzähle, dass ich am Abend mit meinem Handy telefoniert habe, werden alle aufmerksam.

»Vielleicht liegt es daran, dass Blackhill so weit oben liegt«, sage ich und zeige aus dem Fenster. Alle rennen nach vorne, und tatsächlich, wenn man sich weit genug aus dem Fenster beugt und ganz nach rechts schaut, kann man mit viel Fantasie die Umrisse des Schlosses auf dem Hügel erkennen. »Cool« und »ist ja irre« rufen meine Mitschüler durcheinander und ich vergesse für einen Moment Mrs Lydia, ihre scheußlichen Sandwiches und meine kalt gefrorenen Füße.

Es ist vielleicht wirklich nicht das Schlechteste, auf dem Schloss gelandet zu sein.

Der Einzige, der nicht am Fenster steht, ist Carlo. Ich drehe mich zu ihm und merke, dass er mich mit offenem Mund anstarrt. Gerade als ich ihm klarmachen will, wie dämlich das aussieht, sagt er: »Schloss Blackhill? *Das* Schloss Blackhill? Du machst Witze.«

»Ich weiß nicht, ob es noch andere Schlösser mit dem gleichen Namen gibt, aber es ist ungefähr zehn Minuten entfernt von hier, wenn man mit dem Auto fährt. Es hat einen ziemlich hohen Turm und ist auch im Sommer eiskalt. Und frag besser nicht nach der Schlossherrin.« Aber als ich anfange von Mrs Lydia, Pumpkin und dem Schulweg zu erzählen, packt Carlo mich mit seiner Hand so fest am Oberarm, dass ich kurz aufschreie.

»Unglaublich. So ein Glück für dich!« Er sieht aus, als sei ihm furchtbar heiß. »Ins Schloss dürfen normalerweise keine Besucher und du wohnst dort!«

Auch Sander ist wieder am Tisch und hört Carlo aufmerksam zu.

»Schloss Blackhill wurde im Mittelalter gebaut«, sagt Carlo und fängt wild an, Jahreszahlen auf ein Blatt Papier zu kritzeln. Ich bin total beeindruckt, was für Worte er kennt. »Richtig bekannt wurde es zu Tudor-Zeiten, als eine entfernte Cousine von Heinrich dem Achten angeblich dort rauschende Partys feierte. Etwas später dann, unter Queen Victoria, soll ein verrückter Graf dort Schätze angesammelt haben. Blackhill ist seit seiner Gründung in Familienbesitz.«

Sander grinst und sieht mich schräg von der Seite an. »Mann, dass sie ausgerechnet dich dort reingelassen haben.«

Ich werfe ihm einen bösen Blick zu. »Ich habe schon nach einer einzigen Nacht genug von Schloss Blackhill. Die Schlossherrin ist nämlich ziemlich seltsam. Sie wollte kein Mädchen als Gastschülerin. Deshalb hat sie mich wahrscheinlich ins Turmzimmer verbannt, damit sie möglichst wenig von mir sieht ...«

Auf einmal merke ich, dass es ziemlich still geworden ist und keiner mehr aus dem Fenster schaut, sondern alle stattdessen mich anstarren.

Plötzlich spüre ich eine kräftige Hand auf meiner Schulter, und als ich mich umdrehe, sehe ich Mr Bunton direkt in sein sorgfältig rasiertes Gesicht.

»Mein armes Kind«, sagt er mit einer Stimme, als müsste er mir mitteilen, mein Haustier sei gerade gestorben. »Ich habe vollstes Verständnis für deine Bedenken. Natürlich fühlst du dich auf Schloss Blackhill unwohl. Ich nehme an, du hast von dem Fluch gehört?«

Carlo antwortet, bevor ich dazu komme. Die Worte sprudeln nur so aus seinem Mund und ich habe Mühe, ihn zu verstehen, so stark ist sein Akzent. »Aber das ist doch historisch nicht bewiesen. Es gibt viele Beispiele dafür, dass Schlossherren sich Gespenster, Flüche und andere Schauergeschichten ausgedacht haben, meistens um Leute fernzuhalten.«

»Nach dem, was du erzählst«, sagt Sander und stupst Carlo mit der Faust in den Rücken, »hat das bei Schloss Blackhill ja funktioniert. Bis Rebecca kam und alle Gespenster abgehauen sind. Sie ist ja ziemlich – wie heißt das«, er verzieht das Gesicht, als würde er über ein Wort nachdenken, *»scary!«*

Ich merke, dass ich rot werde, weil Sander mich Furcht einflößend findet, und antworte schnell Mr Bunton. »Nein«, sage ich, »bis gerade eben habe ich noch nichts von einem Fluch gehört. Ich will ausziehen, weil ich näher am Dorf sein will und lieber in einer großen Familie wohnen will als alleine mit Mrs Lydia.« Ich bin ziemlich erleichtert, dass ich es geschafft habe, Mr Bunton nach einer neuen Unterkunft zu fragen.

Carlo sieht mich zweifelnd an und Mr Bunton wiegt den Kopf hin und her. »So so«, sagt er, als würde er mir kein Wort glauben. »Ich werde mal sehen, was wir für dich tun können, aber im Augenblick kann ich dir keine andere Unterkunft anbieten. Ein paar Tage wirst du leider noch dortbleiben müssen. Aber pass bitte gut auf dich auf und meide das Turmzimmer!«

Gerade will ich erklären, dass ich im Turmzimmer einquartiert bin, aber Mr Bunton hat sich bereits mit einem Ruck umgedreht und hält die Türklinke in der Hand. »Ich wünschte, ich hätte mehr Zeit für euch Kinder. Wie wär's, wenn ihr euch selbst beschäftigt, und ich bemühe mich, so schnell wie möglich einen Lehrer für euch zu bekommen. Aber andererseits,« er blinzelt uns zu, »was gibt es Besseres als ein paar Freistunden?«

7

Um halb elf sitze ich mit Sander und Carlo draußen unter den Bäumen, die wir durchs Klassenzimmerfenster gesehen haben, und schaue aufs Meer.

»Kein Unterricht heute«, jammert Carlo, »und wer weiß, wann ein Lehrer hier auftaucht. So wird mein Englisch nie besser.«

»Beruhig dich mal«, sagt Sander. »Sprachen lernt man am besten durchs Sprechen und das machst du doch gerade. Die Sache mit dem Schloss vorhin hast du ziemlich gut erklärt.«

»Du kannst ja gerne deine Hausaufgaben machen«, sage ich und muss kichern. Mr Bunton hat vorgeschlagen, dass wir den ganzen Tag Zungenbrecher üben. »Three witches are watching three watches, which witch is watching which watch.« Ich versuche es so schnell, dass ich mich verschlucke und Sander mir kräftig auf den Rücken klopft.

»Was viel schlimmer ist«, sagt Sander und bläst sich die Haare aus der Stirn, »hier ist es total langweilig. Von wegen Attraktionen am Strand! Habt ihr hier schon irgendwas entdeckt außer Steinen, Krebsen und Seetang?«

»Ich habe mal meine Gastmutter gefragt, was hier so los ist.« Carlo runzelt die Stirn. »Bei ›Trampolinhalle‹ hat sie komisch gelacht. Als wäre das ein Witz. Sie sagt, sie würde auch lieber in der Stadt wohnen. Aber das ist teuer. Es gibt einen Spielplatz hinter der Gemeindehalle, wo wir Unterricht haben. Aber dafür sind wir definitiv zu alt.«

»Und kein Wifi, krass«, sagt Sander.

»Na ja«, sage ich, »auf dem Schloss vielleicht doch. Immerhin konnte ich meine Mutter gestern anrufen, auch wenn der Empfang ziemlich mies war.«

»Also dann«, sagt Sander und steht auf.

Ich sehe ihn fragend an.

»Wir haben den Rest des Tages frei. Da können wir auch zu deinem Schloss gehen.« Sander nimmt meine Hand und zieht mich nach oben. Bevor ich widersprechen kann, ist auch Carlo auf den Beinen. »Fantastisch!«, sagt er freudestrahlend.

Kann mich auch mal einer fragen? Mrs Lydia erschien mir nicht gerade so, als sei sie auf Besuch aus. Bisher habe ich sie noch nicht mal richtig wütend erlebt. Aber dann fällt mir ein, dass sie mich im schlimmsten Fall eben rausschmeißt. Und das käme mir gerade recht.

Außerdem bin ich froh, dass ich nicht alleine den Hügel rauflaufen muss. Mrs Lydia hat mir nur eine vage Beschreibung gegeben, wo der Weg anfängt, und zu dritt ist er bestimmt leichter zu finden.

Zuerst laufen wir ein Stück am Meer entlang. Es riecht nach Algen, Salz und Fisch und ich muss mich ganz schön konzentrieren, nicht auf den glitschigen Steinen auszurutschen. Inzwischen hat sich der Wind gelegt und die Sonne wärmt meinen Rücken. Für einen Moment fühlt sich alles nach einem perfekten Sommertag an, bis auf einmal eine riesige

Welle über meine Füße schwappt und meine Jeans und Schuhe patschnass macht. Vor Schreck schreie ich auf, aber Carlo und Sander lachen nur blöd und schütteln die Köpfe.

»Wo läufst du denn hin?«, ruft Sander. »Willst du nach Hause schwimmen?«

Der Kieselstrand wird schmaler und Sander steht am Fuß eines kleinen felsigen Hügels. Ich sehe noch einmal aufs Meer, dann drehe ich mich um und laufe zu Sander und Carlo; bei jedem Schritt läuft etwas Wasser aus meinen Turnschuhen.

Tatsächlich. Ein winziger Pfad zwängt sich den Hügel hinauf und hier unten steht ein verwitterter Wegweiser aus Holz, auf dem nur noch wenige Buchstaben zu lesen sind. LA HIL.

»Schwer zu finden«, murmelt Carlo und fährt sich mit der Hand durch die Locken. »He, ihr zwei Stadtkinder«, ruft Sander aus einiger Entfernung. »Ihr habt echt keine Orientierung. Ihr würdet euch sicher bei jedem Waldspaziergang verlaufen.«

Ich folge den Jungs, die so schnell nach oben klettern, dass mir zwischendurch fast die Luft wegbleibt. Nach zehn Minuten Aufstieg ziehe ich meine Jacke aus und sehe, dass Carlo inzwischen auch außer Puste ist.

»Woher weißt du so viel über das Schloss?«, frage ich ihn.

»Ich interessiere mich einfach für Geschichte«, sagt er und sagt *Istory* statt *History.* »Vielleicht weil ich aus Rom komme.« Es klingt mehr wie eine Frage.

»Kommt ihr lahmen Enten jetzt mal?«, drängelt Sander. Mit seinem weißen T-Shirt kann ich ihn gut weiter oben auf dem grünen Hügel erkennen.

»Was ist das?«, frage ich Carlo. Es hört sich an wie ein Quietschen. Hoch und lang gezogen.

»Komisch«, sagt er und wir versuchen die Richtung auszumachen, aus der die Laute kommen. Ich verlasse den Pfad, schlage mich durch die hohen Gräser und versuche nicht auf den überwucherten Steinen auszurutschen. Das Quietschen wird lauter und jetzt klingt es irgendwie fast verzweifelt. Carlo ist dicht hinter mir.

»Da!«, ruft er auf einmal und zeigt auf etwas Schwarzes, neben einem Felsen, ein paar Meter vor uns.

Tatsächlich. Es muss ein Tier sein, denn der dunkle Fleck bewegt sich. Ich renne zum Felsen, beuge mich hinunter und sehe in die smaragdgrünen Augen einer kleinen, schwarzen Katze.

»Ach so«, sagt Carlo hinter mir, »nur eine Katze«, und will weitergehen.

»Warte doch mal«, sage ich. Die Katze schnuppert an meiner Hand. Sie ist überhaupt nicht scheu.

»Was hast du denn da?«, frage ich und streichele sie. Dann sehe ich, was passiert ist. An ihrer Vorderpfote klebt Blut.

»O nein. Sie ist verletzt. Wir sollten sie mitnehmen.«

Carlo schüttelt den Kopf. »Lass mal. Die lebt hier draußen. Sieht ziemlich wild aus.«

»Aber jemand muss ihr doch helfen! Vielleicht kann Mrs Lydia sie zum Tierarzt bringen. Wir können sie doch nicht einfach hier liegen lassen.«

Die Katze ist federleicht und lässt sich bereitwillig von mir auf den Arm nehmen. Genau wie Oskar, der fette Kater von Frau Schröder, nur ist der ungefähr zehnmal so schwer.

Keuchend folge ich Carlo auf dem Pfad, der von beiden

Seiten mit langen Gräsern gesäumt ist, bis wir Sander auf einer kleinen Anhöhe stehen sehen. Als wir bei ihm ankommen, drehe ich mich um.

Unter uns tost das Meer, der Strand ist nicht mehr zu sehen. Als ich nach rechts schaue, stockt mir der Atem. Carlo geht es genauso. »Wow«, sagt er, »sieht irgendwie unheimlich aus.«

Und er hat recht. Über den vom Meer umschäumten Klippen liegt Schloss Blackhill. Eine dunkle, schwere Festung aus schwarzen Steinen. Die Katze auf meinem Arm maunzt erbärmlich. Sie dreht ihren kleinen Kopf in Richtung Schloss und fängt an zu fauchen.

8

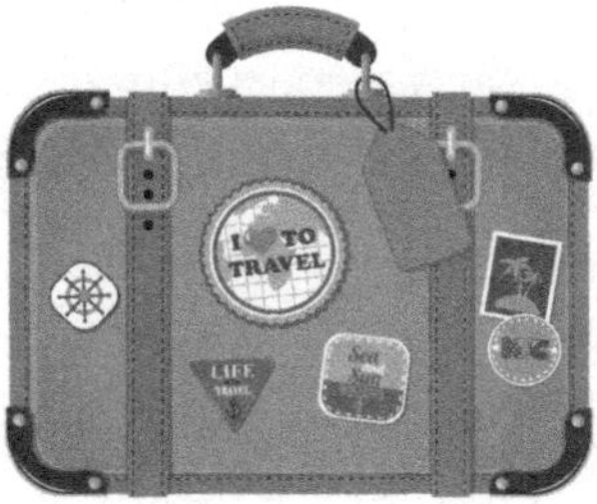

Wir laufen weiter den Pfad entlang, das Meer und die Klippen links von uns, auf der rechten Seiten Wiesen und Büsche. Ich darf jetzt nicht stolpern. Sander dreht sich öfter um und streichelt die Katze auf meinem Arm, die sich wieder beruhigt hat. Ich glaube, er würde sie gerne selber tragen, ist aber zu cool, um zu fragen.

Wir sagen nicht viel. Ob es wohl daran liegt, dass auch den Jungs das Schloss auf einmal seltsam vorkommt nach allem, was wir heute darüber gehört haben?

»Dabei habt ihr noch nicht mal Mrs Lydia kennengelernt«, sage ich laut und Sander und Carlo fragen gleichzeitig: »Wen?«

»Mrs Lydia ist die Schlossherrin«, sage ich. »Sie fährt Auto wie eine Irre und hält nichts von Mädchen.«

»Klingt doch nicht schlecht«, sagt Sander und lacht.

»Wir können ja tauschen. Ich bin offensichtlich aus Versehen bei ihr gelandet.«

»Ich fände es gut auf einem Schloss«, sagt Sander. »Aber das wäre unfair gegenüber Abby und Matt. Meine Gasteltern sind ziemlich in Ordnung.«

Ich fühle einen kleinen Stich in der Brust, als Sander lässig seinen Rucksack über die Schulter schwingt. Zum einen, weil ich auch gerne bei Abby und Matt wohnen würde, zum anderen, weil ich bis vor Kurzem genau das über meine Eltern gesagt habe. Sie seien ziemlich in Ordnung. Vor der Geschichte mit Lyra.

»Geht mir auch so«, sagt jetzt Carlo. »Libby kann wirklich jede Hilfe brauchen. Und ich kenne mich ja ziemlich gut aus mit kleinen Kindern. Jetzt ist auch noch Libbys Mutter krank geworden, die hilft ihr normalerweise.«

»Toll, dass ihr zwei euch so gut eingelebt habt«, murmele ich, mehr zu mir selbst. Aber meine Worte gehen unter in Sanders Ausruf: »Wir sind da!«

Pumpkin steht nicht vor der Tür. Mir fällt ein Stein vom Herzen. Wenn Mrs Lydia nicht zu Hause ist, muss ich sie auch nicht um Erlaubnis fragen. Inzwischen ist mir auch ganz mulmig bei dem Gedanken, was sie wohl zur Katze sagen wird.

Aber dann gibt es da noch ein anderes Problem.

»Ich habe keinen Schlüssel«, sage ich, doch Carlo steht schon am Eingangstor und drückt mit aller Kraft dagegen.

»Ist nicht abgeschlossen«, ruft er und sein schwarzer Lockenkopf verschwindet im Türrahmen.

Kaum sind wir in der Eingangshalle, benehmen sich die Jungs wie auf dem Spielplatz. Sie rennen hin und her, rufen »wow« und »schau mal« und ich hoffe, dass Mrs Lydia nicht auf einmal wie ein Geist hinter einer Säule hervorgeschwebt kommt.

»Stellt euch mal vor, was für Partys man hier feiern könnte«, ruft Sander von der Treppe aus, was zeigt, dass er mir nicht zugehört hat, als ich von Mrs Lydia erzählt habe, die bestimmt alles andere als eine Party-Queen ist.

»Das sieht ja alles aus wie vor Hunderten von Jahren.« Carlo streicht begeistert über die Steinwand.

»Definitiv renovierungsbedürftig«, sage ich nur und folge Sander die Treppe hinauf.

Im ersten Stock müssen wir uns entscheiden, ob wir den Gang nach rechts oder links gehen, aber kaum ist Carlo angekommen, übernimmt er die Führung und deutet an mir vorbei nach links. »Hier sollte der Ballsaal liegen.«

Sander und ich schauen uns an. Wir müssen lachen, weil Carlo sich aufführt, als wäre er der Schlossherr, aber Carlo beachtet uns gar nicht.

Stattdessen stößt er mit einem kräftigen Schubs eine Holztür auf und das Nächste, was wir hören, ist ein Schwall begeisterter italienischer Worte.

Meine Schulter stößt an Sanders Arm, als wir den Saal betreten, völlig eingenommen von dem, was wir sehen. Ein kalter Luftzug weht um meinen Kopf und ich bekomme eine Gänsehaut.

»Unglaublich«, raunt Sander.

Es ist tatsächlich ein in Vergessenheit geratener Ballsaal. Von der Decke hängen schwere Kronleuchter mit Glasverzierung, die bei jedem unserer Schritte leise klirren. Die Wände hängen voll mit Teppichen, auf denen Schlachten, Engel, Tiere und Landschaften zu sehen sind. Alle Möbelstücke sind mit Bettlaken verhüllt, aber für mich sehen sie aus wie eine Ansammlung alter Schlossgeister, die darauf warten, geweckt zu werden.

Sander hebt eines der Laken an und ein alter Sessel kommt darunter zum Vorschein.

»Was hast du vor?«, frage ich und er sieht mich herausfordernd an mit seinen dunkelgrün glitzernden Augen, bevor er das Laken wieder fallen lässt.

»Du musst überglücklich sein, dass du hier wohnen darfst«, ruft Carlo, der mit dem Kopf im Nacken die stuckbesetzte Decke bewundert.

Ja klar, denke ich, aber tauschen wollt ihr auch nicht mit mir.

»Kommt, Leute«, sagt Sander. »Das hier ist cool, aber ich will auch die anderen Zimmer sehen.«

Wir gehen den Korridor entlang und erkunden nach und nach die Räume. Die meisten sind Schlafzimmer, auch hier sind die Möbel verhüllt und es sieht aus, als wären sie seit Jahren nicht benutzt worden. Ich zähle sieben Räume im rechten Flügel, bevor wir in den linken gehen. Nach zwei weiteren Schlafzimmern wird uns langsam langweilig, bis wir an der dritten Tür ankommen. Sie ist verschlossen.

»Das ist bestimmt Mrs Lydias Zimmer«, sage ich und will weitergehen, aber Sander zieht mich zurück. »Was ist nur los mit dir?«, fragt er. »Verschlossene Zimmer sind doch die interessantesten.« Er rüttelt an der Tür, die natürlich nicht nachgibt.

Carlo wirft einen prüfenden Blick auf das Türschloss und sieht sich um. Sein Blick bleibt an einem kleinen Podest mit einer Engelsstatue gegenüber der Tür hängen, direkt neben einem hohen, rechteckigen Fenster. Er geht zur Statue, beugt sich nach unten und hebt etwas vom Boden auf.

»Na bitte, das war einfach«, sagt er. »Die Leute haben eben keine Fantasie.« In der Hand hält er einen alten Schlüssel aus Eisen.

Der Schlüssel passt und die Tür gibt ein heulendes Geräusch von sich, als Carlo sie langsam öffnet. Richtig unheimlich. Selbst aus Sanders Gesicht verschwindet für einen Moment alle Farbe. Ich drücke die Katze enger an mich und es kommt mir vor, als ob ihr Herz auf einmal rasend schnell schlägt.

Die Jungs stehen da wie angewachsen, also schiebe ich mich an Carlo vorbei und stehe mit einem Mal in einem dunklen, muffigen Raum, der definitiv kein Schlafzimmer ist.

Bücher stapeln sich auf Regalen und am Boden. Hefte und Zeitschriften liegen auf einem riesigen Schreibtisch, daneben befinden sich reihenweise Ordner.

Eine Staffelei steht in der Nähe des kleinen Fensters, ein Teil einer Landschaftsmalerei, aber nur der Horizont und das Meer sind zu erkennen, der Rest der Leinwand ist weiß. Ich hätte Lust, das Bild zu Ende zu malen. Ich frage mich, warum es hier so einsam steht, als hätte es jemand zwischen all den Büchern vergessen oder wollte nicht daran erinnert werden.

»Eine Bibliothek«, sage ich.

»War wohl schon länger keiner mehr hier«, sagt Carlo. Er wischt mit seinem Finger über eines der Bücher, das geöffnet auf dem Schreibtisch liegt, und eine dunkle Spur bildet sich auf dem verstaubten Einband.

Sander beugt sich über das Buch. *»Der Fluch von Schloss Blackhill«*, liest er mit heiserer Stimme vor und ich merke, wie mir der Atem stockt.

Ich reiße ihm das Buch aus der Hand.

9

»Schloss Blackhill in der Grafschaft Suffolk gehört zu den vergessenen Schätzen der englischen Geschichte.« Ich lese laut vor. *»Hoch über dem Städtchen Seacliff gelegen hat es Jahrhunderte ereignisreicher Geschichte hinter sich. Das meiste davon ist bekannt und steht in den Lehrbüchern. Doch Seacliff birgt Geheimnisse, von denen nur Menschen aus den umliegenden Dörfern wissen …«*

Auf einmal steht Carlo neben mir und nimmt mir das Buch so schnell aus der Hand, dass die Katze dabei fast von meinem Schoß fällt.

»Was für ein Buch ist das eigentlich?«, fragt er und blättert durch die glänzenden Seiten des ziemlich dünnen Bändchens, das mehr an einen Katalog erinnert.

Ich drücke Sander die Katze in die Hand und nehme Carlo das Buch wieder weg. Wer wohnt eigentlich hier, er oder ich?

Es sind viele Außenaufnahmen des Schlosses im Buch, aber auf einer Seite sehe ich etwas anderes. »Das kenne ich doch«, sage ich mehr zu mir selbst. Es ist das Porträt, das ganz rechts in der Reihe in meinem Zimmer hängt. Das Mädchen darauf hat ein rundes Gesicht und rote Wangen. Ihre Haare sind verdeckt, aber ich nehme an, sie sind so schwarz wie ihre Augenbrauen. *Amali von Putlide,* steht unter dem Bild in dick gedruckter Schrift. Und daneben in Rot – *das erste Opfer.*

Carlo steht so dicht hinter mir, dass ich seinen Atem auf meinen Haaren spüre. »Der Kopfbedeckung nach zu urteilen hat Amali ungefähr 1650 bis 1700 gelebt.«

Ich lese weiter und tatsächlich, Amalis Geburtsdatum ist mit 1678 angegeben.

»Wow – du hast recht«, sage ich bewundernd. »1678 bis 1690. Sie ist nur zwölf Jahre alt geworden.«

Ich fahre vor Schreck zusammen, als Sander in mein Ohr raunt: »Buhu – und jetzt spukt sie als Geist durchs Schloss und ...«

Aber Carlo unterbricht ihn. Ich finde, er klingt richtig wütend. »Kinder sind früher sehr oft gestorben. Da gab es Krankheiten, die man heute leicht heilen könnte, aber für die es damals eben noch keine Medizin gab. So was muss ja nicht an einem Fluch liegen.«

Plötzlich höre ich ein ratterndes Geräusch, das mich zusammenzucken lässt. Ich renne zum Fenster. Vor dem Schloss steht Pumpkin.

»Schnell«, sage ich. »Wir müssen raus aus dem Zimmer. Mrs Lydia ist zurück und ich bin mir sicher, sie hätte was dagegen, dass wir im Schloss rumschnüffeln.«

Zum Glück reagieren die Jungs sofort. Sander ist zuerst draußen, die Katze auf dem Arm. Carlo hält den Schlüssel schon in der Hand. Ich schnappe mir *Der Fluch von Schloss Blackhill* und lege meine Jacke darüber. Ich muss wissen, was genau es mit diesem Fluch auf sich hat.

»Wohin?«, fragt Sander, während Carlo die Tür von außen abschließt. Ich deute nach rechts und laufe vor zur Wendeltreppe, die nach oben führt.

In meinem Zimmer lässt Sander sich aufs Bett fallen, nachdem er die Katze auf dem Kopfkissen abgesetzt hat. »Cool hier«, sagt er. »War das Bild nicht im Buch? Wer sind die anderen drei?«

Er starrt auf das Porträt ganz rechts und mir wird auf einmal etwas mulmig. Mir war schon klar, dass die Mädchen auf den Bildern inzwischen wahrscheinlich tot sind, aber jetzt sieht es so aus, als seien sie schon sehr jung gestorben. Vielleicht sind sie nur ein paar Jahre älter als ich geworden.

Um mich abzulenken, setze ich mich neben die Katze und streichele sie. Dabei inspiziere ich vorsichtig ihre Pfote. »Das sieht weniger schlimm aus, als ich dachte«, sage ich erleichtert.

»Woher willst du das wissen?«, fragt Sander.

»Mein Vater ist Tierarzt«, antworte ich. »Manchmal helfe ich in der Praxis. Ich glaube, wir müssen die Wunde nur etwas reinigen und desinfizieren.« Ich bin schon dabei, in meinem Koffer nach dem Erste-Hilfe-Set zu suchen, das Mama hoffentlich eingepackt hat.

Carlo schüttelt den Kopf, während ich die Katze verarzte. Sie hält ganz still, nur ab und zu miaut sie leise.

»Sie ist so süß«, sage ich.

»Als Tierarzttochter solltest du aber wissen, dass es ein Junge ist«, sagt Sander und grinst. Er hält mir den Kater entgegen. Ich merke, dass ich rot werde.

Carlo sieht sich inzwischen die Porträts an meinen Wänden an. »Tatsächlich«, sagt er. »Das ist Amali von Putlide, das Mädchen aus dem Buch. Es ist ein sehr schönes Porträt. Leider hat der Maler das Bild nicht signiert.« Carlo hat einen

Notizblock aus seinem Rucksack gezogen und fängt an wild darauf herumzukritzeln.

Dann klopft es an der Tür.

Im ersten Moment weiß ich nicht, was ich mit dem Kater machen soll, aber Sander stellt zum Glück blitzschnell seinen Rucksack so auf das Kopfkissen, dass man den Kater dahinter nicht sehen kann.

»Come in«, rufe ich und springe auf, doch Mrs Lydia steht schon im Raum, direkt vor mir, und sie sieht alles andere als freundlich aus.

»Unglaublich«, schnaubt sie und ein Speicheltropfen landet auf meiner Wange. Igitt! »Ich wusste doch, dass ich Stimmen gehört habe. Es ist dein erster Tag und schon veranstaltest du hier eine Party. Ich habe gestern Abend wohl vergessen dir die Hausregeln zu erklären. Erstens, Besuch nur nach Anmeldung. Zweitens, um zehn Uhr ist das Licht aus und es wird geschlafen. Drittens, keine eigenständigen Touren durchs Schloss.«

Ich würde sie gerne darauf hinweisen, dass es nicht meine Schuld ist, wenn ich die Hausregeln nicht kenne. Stattdessen sage ich: »Es tut mir leid. Der Sprachlehrer hat kurzfristig abgesagt und dann hat uns Mr Bunton nach Hause geschickt. Ich dachte, es wäre okay …«

Ich komme nicht dazu, mehr zu erklären.

»Na großartig«, sagt Mrs Lydia und klingt jetzt eher verächtlich als böse. »Mir war gleich klar, dass die Organisation dieses Sprachkurses zu wünschen übrig lässt. Jetzt haben wir also eine Gruppe Teenager, die unbeaufsichtigt im Dorf randaliert.«

Ich sehe, wie Sander sich das Lachen verkneift, aber Mrs

Lydia verzieht keine Miene. »Ich nehme an, ihr habt nicht darüber nachgedacht, was es für einen Eindruck macht, wenn ihr als Horde bei den Gastfamilien einfallt. Was würden eure Eltern wohl dazu sagen?«, fragt sie mit eng zusammengezogenen Augenbrauen.

Carlo stottert vor sich hin und lässt den Kopf hängen. Er sieht so aus, als würde er sich schrecklich schämen.

Für einen Moment kann ich nur noch daran denken, was passiert, wenn Mrs Lydia Mama und Papa anruft, um sich über mich zu beschweren. *Wir verlassen uns auf dich.*

»Rebecca«, sagt Mrs Lydia und steht etwas gerader, als erinnere sie sich plötzlich an ihre Rolle als Schlossherrin, »ich habe Essen gekocht. Es wäre also an der Zeit, dass du deine Gäste,« sie zieht das Wort spöttisch in die Länge, »verabschiedest und in die Küche kommst, solange die Suppe noch warm ist. Die jungen Herren werden den Ausgang wohl alleine finden.«

Ich trotte hinter ihr her, ohne mich umzudrehen. Wie soll ich es hier nur aushalten?

10

Die Suppe ist ein ziemlich übler Eintopf, den Mrs Lydia *stew* nennt. Als sie sich umdreht, lasse ich die dicke Masse über meinen Löffel zurück auf den Teller laufen. Ich werde sterben, wenn ich das essen muss.

In der Küchenwand ist eine riesige Ausbuchtung, die mit Backsteinen umrandet ist. »Hier war wohl früher der Ofen«, sage ich, um das Essen etwas weiter hinauszuzögern.

»Richtig«, erklärt Mrs Lydia, »als das Schloss noch bewohnt war, musste schließlich für viele Personen gekocht werden.« Damals ging es hier sicher noch etwas fröhlicher zu.

»Dein Englisch ist verbesserungsbedürftig«, sagt Mrs Lydia mit hochgezogenen Augenbrauen. »Ich fürchte allerdings, dass es dazu einen qualifizierten Lehrer braucht. Lucy ist die Einzige im Dorf, die dafür geeignet wäre. Schließlich hat sie hier unterrichtet, bevor viele Familien weggezogen sind und die Schule schließen musste. Aber Jester Bunton hat sie anscheinend nicht einmal um Hilfe gebeten. Völlig unverständlich. Es geht ja schließlich darum, den Leuten im Ort Arbeit zu verschaffen.«

»Sind wir etwa die ersten Sprachschüler in Seacliff?«, frage ich.

»*Precisely*«, sagt Mrs Lydia. »Vor drei Monaten hat die Druckerei geschlossen. Die war ein Familienbetrieb. Mein verstorbener Ehemann hat dort gearbeitet. Aber das ist schon lange her. Eigentlich war halb Seacliff dort beschäftigt. In den letzten Jahren ging es immer weiter bergab. Und im vergangenen Herbst war dann endgültig Schluss. Es hat sich einfach nicht mehr gelohnt. Und dass man das Dorf jetzt durch eine Sprachschule und ein bisschen Tourismus retten will, ist natürlich ein aussichtsloses Unterfangen.«

Sie wirft mir einen bösen Blick zu, als wäre ich persönlich schuld daran, dass Seacliff offenbar dem Untergang geweiht ist.

»Ich nehme an, selbst wenn es mit den Sprachschülern funktioniert, habe ich keine Chance, den Laden hier länger alleine instand zu halten. Schon die notwendigsten Reparaturen kosten ein Vermögen.« Sie sieht zur Decke, an der sich jede Menge dunkle Flecken befinden.

»Aber sie müssten doch das Schloss gar nicht alleine bewirtschaften«, sage ich, denn für eine Sekunde sieht Mrs Lydia gar nicht mehr griesgrämig aus, sondern ziemlich traurig. »Haben Sie nie daran gedacht, Besuchern das Schloss zu zeigen? Sie könnten Führungen veranstalten, Ausflüge für Schulklassen und vielleicht Postkarten oder Bücher vom Schloss verkaufen. Vielleicht kann man sogar jemanden einstellen, der ihnen hilft.«

Mrs Lydia läuft knallrot an und schnaubt so laut, dass ich Angst habe, der Putz könnte von den Wänden fallen. Dann zieht sie mir einfach den halb vollen Teller unter der Nase weg und sagt: »Massen von Touristen, die durch mein Wohnzimmer ziehen? Busse, die direkt vor meiner Haustür parken? Kleine Kinder, die schreiend durch die Korridore rennen? Nur über meine Leiche. Dafür, dass du gerade erst angekommen bist, bist du ziemlich vorlaut. Redest du mit deinen Eltern auch so?«

Mrs Lydias Worte treffen mich wie ein Schlag in den Magen. Ich wollte mich doch nicht einmischen. Mama und Papa hören mir zu, wenn ich mit ihnen rede. Meistens jedenfalls. Als Mrs Lydia mir den Rücken zudreht, um den Teller mit dem Eintopf zur Spüle zu tragen, nutze ich die Gelegenheit und schleiche zur Tür. Während ich mich aus der Küche verdrücke, schimpft Mrs Lydia weiter vor sich hin.

So schnell ich kann, laufe ich die Steintreppe nach oben.

Ich erschrecke mich total, als ich ins Zimmer komme. Sander und Carlo grinsen mich an. Ich hätte nie gedacht, dass sie noch hier sind. Neben ihnen auf dem Bett sitzt der kleine Kater noch genauso auf dem Kopfkissen, wie ich ihn zurückgelassen haben. Ich streichele ihn am Hals und er fängt sofort an zu schnurren.

»Seid ihr verrückt geworden?«, frage ich, bin aber nicht böse. »Was, wenn Mrs Lydia euch erwischt? Sie will euch nicht im Schloss haben.«

»Mann«, sagt Sander, »zum Glück hat sie den Kater nicht entdeckt. Deine Gastmutter ist ja echt speziell. Was für eine Hexe! Gibt es auf Schlössern nicht diese Gespenster mit Ketten, die jede Nacht durch die Gänge heulen? Vielleicht hat sich eines davon verkleidet und gibt sich tagsüber als Gastmutter aus.«

»Sie kocht auch wie ein böses Gespenst«, sage ich düster und denke an den Eintopf.

Plötzlich leckt der Kater wie wild meine Hand ab. »Oh – du

hast bestimmt Hunger«, flüstere ich. »Wo bekomme ich denn jetzt was für ihn zum Fressen her?«

»Kein Problem«, sagt Sander. »Meine Gasteltern haben drei fette Katzen. Ich frage sie, ob sie Futter für deinen Kater übrig haben.«

»Das wäre echt toll«, sage ich.

»Du solltest den Kater wieder zurückbringen.« Carlo hört nur mit halbem Ohr zu und blättert wieder in dem Buch, das ich aus der Bibliothek mitgenommen habe. »Wer weiß, vielleicht gehört er ja jemandem oder er lebt gerne draußen.«

Am liebsten würde ich protestieren, aber was ist, wenn Carlo recht hat? Ich nehme den Kater auf den Schoß. »Wenn ich wenigstens deinen Namen wüsste«, sage ich leise.

»Ist doch klar«, sagt Sander. »Der Kater sieht aus wie schwarzer Pfeffer – wir nennen ihn einfach Pepper.«

Papa sagt immer, schwarze Katzen hätten es schwer, weil viele Leute abergläubisch sind und denken, sie bringen Unglück. Zum Glück glaube ich nicht an so einen Quatsch, obwohl sich Pepper komischerweise schnurstracks auf das Buch zubewegt, das Carlo auf dem Bett abgelegt hat. Er reibt seinen Kopf daran und legt dann eine Pfote genau auf den Titel – *Der Fluch von Schloss Blackhill.* Mit seinen geheimnisvollen grünen Augen starrt er mich an.

11

Eins steht fest, Pepper braucht etwas zu fressen. Als ich ihm meine Hand entgegenstrecke, leckt er immer wilder mit seiner rauen Zunge daran. Ich möchte ihn aber nicht alleine hier im Schloss lassen, wo er vielleicht von Mrs Lydia entdeckt wird.

Wer weiß, vielleicht finden wir ja noch etwas Interessantes in Seacliff, auch wenn es nur ein Tretbootverleih ist oder ein Kiosk, der Eiscreme verkauft. Ich würde das natürlich nie zu Carlo oder Sander sagen, aber irgendwie will ich auch nicht ohne die beiden auf dem Schloss bleiben. Immer wenn ich das Porträt von Amali ansehe, bekomme ich eine Gänsehaut.

Ich verstecke Pepper unter meiner Jacke und wir schleichen uns auf Zehenspitzen die Treppen hinunter. Der Wind pfeift durch das Treppenhaus und bei jedem Geräusch zucke ich zusammen, denn ich will wirklich nicht schon wieder von Mrs Lydia zur Schnecke gemacht werden.

Draußen weht mir der eisige Wind die Haare ins Gesicht, als wir über die knirschenden Kieselsteine zum Pfad laufen, der bergab führt. Carlo wirft einen sehnsuchtsvollen Blick zurück auf die düstere Silhouette von Blackhill und seufzt. »Wenn deine Gastmutter etwas netter wäre, könnte sie mir sicher viel über das Schloss und seine Geschichte erzählen. Oder ich könnte mir die Bibliothek ansehen.«

»Bevor sie dich da rein lässt, lädt sie sicher lieber eine Touristengruppe zum Kaffeetrinken ein«, sage ich leise und konzentriere mich auf meine Füße, die immer wieder auf dem felsigen Weg ausrutschen.

»Egal«, murmelt Carlo sichtlich unbeeindruckt, »ich würde gerne mit dir tauschen. Du kannst ja nachts heimlich das Schloss erkunden.«

Mir wird ganz anders bei der Vorstellung, nachts durchs Schloss zu schleichen. Ich habe Angst vor der Dunkelheit, seit ich vier Jahre alt war und ein aus dem Käfig entlaufenes Kaninchen unter meinem Bett mit einem Monster verwechselt habe, aber davon will ich Sander und Carlo lieber nichts erzählen. Unten in meinem Koffer liegt meine alte Nachtlampe, ohne die ich nie verreise.

»Falls du etwas über diesen Fluch wissen willst«, sage ich und drehe mich zu Carlo um, »kannst du natürlich auch das Buch aus der Bibliothek lesen«, sage ich.

Carlo sieht mich beleidigt an. »Historische Fakten, meine ich natürlich. Nicht irgendwelche Gruselgeschichten. Wer zum Beispiel zu welcher Zeit im Schloss gelebt oder es besucht hat.«

Vor uns liegt das Meer und im Sonnenschein hat es auf einmal eine wunderschöne türkis blaue Farbe, die nur von weißen Schaumkronen vor den Felsen unterbrochen wird. Über uns kreisen Raben, deren Schreie Pepper immer wieder schüchtern nach oben blicken lassen. Ich habe ihn auf dem Boden abgesetzt, aber er klebt fast an meinen Füßen, sodass ich ständig darauf achten muss, nicht auf ihn zu treten.

»Pepper, das sind doch nur ein paar dumme Raben«, versuche ich ihn zu beruhigen. »Wenn dir einer davon zwischen die Krallen kommt, erledigst du den doch im Handumdrehen.«

»Da wäre ich mir nicht so sicher«, wirft Sander ein. »Pepper ist ja noch ziemlich klein. Diese Vögel sehen gigantisch aus. Ehrlich gesagt, ich glaube, der Kater hätte keine Chance.«

Sofort nehme ich Pepper wieder auf den Arm.

»In dem Buch steht auch was über die Raben«, sagt Carlo beiläufig.

»Ja, was denn?«, frage ich.

Carlo läuft dicht hinter mir her. »Dass die Raben immer um den Turm kreisten in den Zeiten, in denen dort eines der Mädchen wohnte, die auf dem Schloss umgekommen sind.«

Ich stolpere über meine Füße und Pepper fährt erschrocken seine Krallen aus. Soll das etwa heißen, die Mädchen auf den Porträts sind alle im Turmzimmer gestorben? Und findet Mrs Lydia es etwa witzig, mich dort einzuquartieren? Pepper hat mich gekratzt und aus der Wunde an meiner Hand quillt ein Tropfen Blut. Irgendwie ist mir schwindlig und ich nehme die Hand in den Mund. Das Blut schmeckt süßlich auf meiner Zunge.

Sander legt mir von hinten die Hand auf die Schulter und sagt: »Abgesehen vom Essen, das deine Gastmutter kocht, musst du dir keine Sorgen machen. Lass dir bloß keine Angst machen.«

Ich versuche zu lächeln, bringe aber nur ein Grinsen hervor.

Carlo legt ein ziemliches Tempo vor. Beim Aufstieg sind mir die Felsbrocken und scharfen Gesteinskanten gar nicht so aufgefallen. »Probleme, den Berg runter zu kommen?«, fragt Sander.

Immerhin schaffe ich es, ihn feste zu schubsen, aber er lacht nur und ruft: »Fang mich doch.«

Am Schluss rennen wir das letzte Stück des Hügels hinunter und sind auf einmal wieder bei den drei Bäumen angekommen, die knochig am Strand stehen und so aussehen, als würden sie seit ewigen Zeiten dem Seewind trotzen.

»Und jetzt?«, fragt Sander und streicht sich die Haare aus der Stirn, als ich keuchend anhalte.

Ich komme nicht zum Antworten, denn plötzlich steht die blonde Frau vor uns, die ich mir als Gastmutter gewünscht hatte. Ich habe sie total übersehen, aber direkt unter den Bäumen, wo der Strand anfängt, liegt eine rot karierte Picknickdecke. Dort sitzt der Hosenträgerjunge, der uns missmutig anstarrt.

»Wusste ich's doch, Albert«, strahlt die Frau und zeigt blendend weiße Zähne hinter einem dunkelroten Lippenstift. »Hier sind noch mehr von deinen Freunden. Es dauert nicht lange und dann werden alle diesen Platz entdeckt haben. Für mich ist es der schönste Fleck in ganz Seacliff.«

Albert hält ein Buch in der Hand, in dem er gelangweilt blättert. Ohne aufzuschauen, sagt er: »Die Jungs kenne ich kaum. Aber das ist das Mädchen von diesem Fluch-Schloss.« Er wirft mir einen komischen Blick zu. »Lucy macht sich anscheinend Sorgen um dich.«

12

Die Frau lächelt und weist den Hosenträgerjungen zurecht. »Albert, sei nicht so unhöflich und rede keinen Unsinn.«

Carlo springt schnell ein und streckt ihr seine Hand entgegen. Vielleicht gefällt es ihm, dass sie so eine klare Aussprache hat, die ohne Probleme zu verstehen ist. »Ich bin Carlo. Es stimmt. Das hier ist eine perfekte Aussicht«, sagt er und rollt das R so sehr, dass ich lachen muss.

»Ich bin Lucy.«

Als ich den Namen höre, fällt mir wieder ein, wie Gary die Gastmutter von Albert gestern angeschmachtet hat. »Rebecca«, sage ich und schüttele ihre Hand, die sich kühl und weich anfühlt.

In kürzester Zeit sitzen wir auf der Picknickdecke, während Lucy Teller verteilt. Albert verdrückt sich schmollend in die äußerste Ecke.

»Himmel – ist der süß«, ruft Lucy, als ich Pepper neben mir absetze und der Kater sofort eine entspannte Liegeposition einnimmt. »Gehört der etwa Mrs Lydia?«

Während mir etwas heiß wird, weil ich nicht weiß, wie ich die Frage beantworten soll, fällt mir ein, dass Albert ihr ja gerade erklärt hat, wo ich wohne.

Anscheinend kann Lucy meine Gedanken lesen.

»Ehrlich gesagt, alle in Seacliff wissen, wer du bist, Rebecca. Wir haben die Liste gesehen, die Jester ausgehängt hat. Wer bei welchen Gasteltern untergebracht ist. Und am Interessantesten warst natürlich du. Aber Gary hat uns gleich gestern Abend im Pub erzählt, dass man sich um dich keine Sorgen machen muss. *A tough cookie,* hat er gesagt. Weißt du, was das heißt?«

»Ein zäher Keks«, übersetzt Sander für mich auf Deutsch und ich boxe ihn in die Seite.

»Sag ich doch – dein Deutsch ist so schlecht wie dein Englisch«, erwidere ich, aber zum Glück habe ich den Ausdruck schon mal gehört und weiß, dass es ein Kompliment ist. Und sie hat recht. Durchhalten kann ich ziemlich gut, das sagt Lyra auch immer.

Trotzdem fühlt es sich komisch an, dass ich in Seacliff schon am zweiten Tag bekannt bin. Zum Glück sieht Lucy irgendwie so aus, als ob man ihr jede Frage stellen kann.

»Reden alle über mich, weil Mrs Lydia keine Besucher mag und Mädchen schon gar nicht?«, frage ich.

»Genau«, sagt Lucy und fängt an den Picknickkorb auszupacken. »Wir waren alle ganz erstaunt, dass sie sich überhaupt als Gastmutter zur Verfügung gestellt hat. Normalerweise sehen wir sie nur selten im Dorf. Einmal in der Woche vielleicht, zum Einkaufen. Und es ist ein Wunder, dass sie bei ihren Besuchen noch niemanden überfahren hat. Ihr Fahrstil ist mörderisch – wenn du verstehst, was ich meine.«

Ich nicke heftig. Klar verstehe ich das. Vor allem nach der Fahrt in Pumpkin gestern.

»Und wir fanden es natürlich seltsam, weil das Schloss …«, sie räuspert sich. »Also, was hat es mit der Katze auf sich?«, fragt sie schnell und streichelt Pepper unter dem Kinn, was der Kater mit begeistertem Schnurren beantwortet.

»Der Kater heißt Pepper«, beginne ich und denke angestrengt darüber nach, wie ich die Sache am besten erkläre. »Er war verwundet, aber wir haben ihn behandelt. Ich dachte, ich behalte ihn erst mal, bis wir seinen Besitzer finden.«

»Hmm«, sagt Lucy und krault Pepper zwischen den Ohren. »Er sieht mir eher wie ein Streuner aus.«

Pepper presst seinen Rücken gegen mein Bein, als wollte er Lucys Worte bestätigen.

Albert fängt an zu niesen. »Ich habe eine Katzenhaarallergie«, sagt er und sein Englisch kling so geschliffen wie das eines Nachrichtensprechers, nur nölt er dabei wie ein kleiner Junge, der sein Spielzeug nicht teilen will.

Für eine Sekunde glaube ich, Lucy rollt ihre Augen, aber sie sagt ganz freundlich: »Setz dich ein bisschen weiter nach hinten und iss was, Darling.« Dann legt sie einen kleinen Kuchen auf meinen Teller, der fast wie ein Brötchen aussieht, nur kleiner und fester.

»Wisst ihr, was Scones sind?«, fragt sie.

Ein paar Minuten später beiße ich in den Scone, der mit einer dicken Creme – ganz fest geschlagener Sahne – und köstlicher Erdbeermarmelade bestrichen ist. Die Sonne steht schräg über dem Meer und Möwen segeln über das Wasser. Carlo und Sander erzählen abwechselnd vom Englischunterricht in ihren Schulen und sie können ihre Lehrer so gut nachmachen, dass ich kaum aufhören kann zu lachen. Es kommt mir vor, als hätte ich mich seit Wochen nicht mehr so wohlgefühlt. Im Moment ist alles vergessen und ich wünsche mir, der Nachmittag würde nie vorbeigehen.

Nur Albert scheint keinen Spaß zu haben. Er sitzt schweigend auf der Decke und liest in seinem dicken Buch, während Lucy und ich abwechselnd Pepper streicheln.

»Ich glaube, er hat echt Hunger«, sage ich und Lucy nickt.

»Sander sagt, er kann vielleicht Katzenfutter von seinen Gasteltern bekommen.«

»Ich habe eine bessere Idee«, sagt Lucy und steht auf. »Wartet kurz hier.«

Nach zehn Minuten ist sie wieder zurück mit einer Plastiktüte in der Hand, in der sich eine große Schachtel mit Trockenfutter befindet. »My pleasure«, sagt sie.

»Ich hätte auch welches kaufen können«, sage ich.

»Kommt gar nicht infrage«, antwortet Lucy. »Das ist von Mr Watts, der den Zeitungsladen hier betreibt. Er verkauft auch ein paar Lebensmittel und Tierfutter. Wie du sehen kannst, ist das Haltbarkeitsdatum auf dieser Packung fast abgelaufen. Deshalb – und weil Mr Watts gerne einmal mit mir in den Pub gehen möchte – habe ich die Packung zum Sonderpreis bekommen.« Sie lächelt ein bisschen und reicht mir die Tüte.

»Es ist schon spät«, sagt sie und zeigt auf die Sonne, die jetzt tiefer über dem Meer steht und den Strand in ein goldenes Licht taucht. »Ich nehme an, ihr müsst noch Hausaufgaben machen, außer Albert, der schon den ganzen Tag eifrig in sein Notizbuch gekritzelt hat.«

»Nicht wirklich«, sage ich. »Eigentlich hatten wir heute noch keinen richtigen Unterricht. Weil der Lehrer ja so kurzfristig abgesagt hat.«

Lucy runzelt die Stirn. »Hat Mr Bunton wenigstens ein paar Bücher verteilt?«, fragt sie.

»Nee«, sagt Sander. »Sieht so aus, als wartet er auf den neuen Lehrer, wenn er denn jemanden findet.«

»Ich werde mal mit ihm reden«, sagt Lucy und fängt an die Teller und Gläser vom Picknick einzupacken. »Ihr seid ja schließlich hier, um etwas zu lernen. Wenn der Sprachkurs ein Erfolg werden soll, ist das wohl das Mindeste. Und wir sind wirklich darauf angewiesen, dass noch mehr Sprachschüler nach Seacliff kommen. Es ist auch einfach schade, weil ...«

Sie hört mitten im Satz auf zu reden und schaut aufs Meer.

»Es ist schade«, vervollständigt Albert ihren Satz, »weil Lucy Lehrerin ist und an der Schule in Seacliff unterrichtet hat, bis die geschlossen wurde.«

Was für eine tolle Idee, fährt es mir durch den Kopf. »Warum unterrichtest du uns dann nicht?«, frage ich aufgeregt. Carlo nickt begeistert mit dem Kopf.

»Das ist kompliziert«, sagt Lucy und zieht so heftig an der Decke, dass Albert beinahe in den Sand kullert. »Ihr solltet euch jetzt wirklich auf den Heimweg machen. Und dich, Rebecca, fahre ich mit dem Auto nach Hause. Ich nehme an, Mrs Lydia hat dir nicht angeboten dich abzuholen?«

Ich verabschiede mich von Sander und Carlo, und Lucy legt den Arm um meine Schulter, als wir zu ihrem Auto gehen. Albert trägt die Picknicksachen und läuft einige Meter hinter uns.

»Ich hoffe, du fühlst dich wohl auf dem Schloss, auch wenn Mrs Lydia manchmal etwas schwierig ist«, sagt Lucy. »Es gibt so viel Interessantes dort zu entdecken. Ich habe viel Zeit dort verbracht, als ich jünger war. Und der Ausblick ist wirklich unschlagbar.«

Ich stocke kurz, aber dann stelle ich doch die Frage, die mir die ganze Zeit im Kopf herumschwirrt. »Liegt es an dem Fluch, dass Mrs Lydia so unfreundlich ist?«

Lucy hält an und sieht mir in die Augen. »Mrs Lydia ist unfreundlich, weil sie einsam ist, Rebecca. Deshalb ist es vielleicht ein gutes Zeichen, dass sie eine Gastschülerin aufgenommen hat. Ich hoffe, du wirst eine schöne Zeit auf Schloss Blackhill haben.«

»Aber der Fluch«, versuche ich es noch einmal.

»Über manche Dinge«, sagt Lucy und schließt das Auto auf, »sieht man am besten hinweg.«

13

Im Klassenzimmer ist es so laut, dass ich für einen Moment vergesse, wie müde ich bin. In der Nacht bin ich zweimal aufgewacht und konnte nicht wieder einschlafen. Die Geräusche im Turmzimmer sind so unheimlich, dass ich beinahe nach unten gelaufen wäre, um Mrs Lydia zu suchen. Aber am Ende habe ich mich dafür entschieden, mir lieber die Ohren zuzuhalten und das Knarren des Bodens und das Heulen des Windes zu ignorieren, als Mrs Lydia im Nachthemd zu begegnen. Ich wüsste nicht, was gruseliger ist.

Es dauert eine Sekunde, dann begreife ich, worüber sich alle bei Mr Bunton beschweren. Es geht immer noch um das nicht funktionierende Wifi. Inzwischen habe ich auf dem Schloss auch keinen Empfang mehr.

»Ich musste mir erst mal erklären lassen, wie man vom Festnetz ins Ausland telefoniert. Total kompliziert«, mault Miguel und hört dabei kurz auf an seinem Bleistift zu kauen.

»Genau!«, ruft Lisa. »Meine Gasteltern sind auch total sauer, weil das Wifi nicht funktioniert. Sie haben schon dreimal die Telefongesellschaft angerufen, aber die sagen nur, es kann länger dauern.«

»Und meine«, ruft Emma, »haben gar kein Festnetz!«

»Richtig«, sagt Mr Bunton und zupft sich den Hemdkragen zurecht. »Ein paar Sendemasten wurden im letzten Sturm beschädigt und es scheint länger zu dauern, sie zu reparieren. Euren Eltern habe ich schon mitgeteilt, dass die Kommunikation etwas schwierig werden kann. Wie wäre es denn, wenn ihr mal die gute, alte Tradition des Postkartenschreibens pflegen würdet?«

Ein entsetztes Raunen geht durchs Zimmer, selbst Albert murmelt empört vor sich hin. Dabei sieht er aus, als wüsste er nicht mal, was Wifi überhaupt ist. Heute trägt er schon wieder ein kariertes Hemd, knielange Cordhosen und die unvermeidlichen Hosenträger. Er tut so, als würde er Sander, Carlo und mich überhaupt nicht kennen, obwohl wir doch gestern den ganzen Nachmittag miteinander verbracht haben.

Unser Protest scheint Mr Bunton nur noch mehr von seinem Einfall zu überzeugen. »Exzellente Idee, die ich da gerade hatte«, sagt er und lächelt. »Ihr solltet es wirklich mal versuchen. Schreibt eine Postkarte an eure Eltern. Oder besser noch – einen Brief! Reißt einfach ein Blatt aus euren Notizbüchern und fangt an.«

»Auf Englisch?«, fragt Emma.

»Natürlich!«, ruft Mr Bunton enthusiastisch. »In welcher Sprache denn sonst?«

»Na ja«, sagt Sophie, »ich rede mit meinen Eltern Deutsch.«

»Spanisch!«, ruft Miguel.

»Holländisch natürlich«, sagt Sander, die zwei Brüder rufen »Dänisch« und innerhalb von Sekunden bricht Chaos aus.

Bis Mr Bunton laut in die Hände klatscht und ruft: »Ihr schreibt alle auf Englisch und am liebsten darüber, was euch an Seacliff so gut gefällt. Ihr habt eine Stunde Zeit. Ich muss mich wirklich darum kümmern, einen Lehrer für euch zu finden.«

Er macht sich auf den Weg nach draußen, aber als er mich sieht, hält er kurz an und zieht seine Mundwinkel nach oben. »Wie geht es dir denn, Darling?«, fragt er, als ob ich Fieber hätte oder von einer Schaukel gefallen wäre.

»Äh, gut«, antworte ich und ärgere mich gleichzeitig, dass ich nicht die Wahrheit sage. Ich bin todmüde und habe ein riesiges Loch im Bauch.

»Hat dich Mrs Lydia also tatsächlich im Turmzimmer untergebracht?«, fragt er und kneift seine Augen so zusammen, dass sie fast kaum noch zu erkennen sind.

Ich nicke und er murmelt besorgt: »Das wird schon. Außerdem sind die meisten Geschichten, die erzählt werden, einfach nur Ammenmärchen. Aber denk daran: Vorsicht hat noch keinem geschadet.«

»Also, da gibt es doch was«, beginne ich. Aber Jester Bunton verschwindet einfach aus dem Raum, gerade als ich ihn nach dem Schloss, Mrs Lydia und dem Fluch fragen will.

»Das ist echt nicht wahr«, sagt Sander, aber irgendwie sieht er glücklich darüber aus, dass wir keinen richtigen Unterricht haben.

Ich gähne und denke kurz nach, was ich sonst noch machen könnte, außer einen Brief zu schreiben. Dazu habe ich wirklich keine Lust.

Die meisten anderen haben sich in Grüppchen zusammengefunden und kichern über irgendwelchen Smartphone-Spielen. Albert liest wieder in einem dicken Wälzer.

Ich will gerade mit Sander darüber lästern, aber er sieht mich verschwörerisch an und zeigt auf Carlo.

Carlo hat seinen Kopf in beide Hände gestützt und starrt auf den Tisch vor sich. Er sieht überhaupt nicht glücklich aus. Ich verstehe nicht, was los ist.

»Was hast du?«, fragt Sander, und als Carlo den Kopf hebt, sieht man für einen Moment nur seine traurigen, dunklen Augen.

»Das wird nie was«, sagt er heiser, sodass ich ihn kaum verstehe. »So wird mein Englisch nie besser. Irgendwie dachte ich, die Lehrer hier könnten ein Wunder vollbringen.«

»Warum musst du denn so schnell besser werden?«, frage ich.

Carlo kramt in seinem Rucksack und zieht einen dicken Umschlag heraus. Er gibt ihn mir wortlos. »Ist zu kompliziert, um es zu erklären«, sagt er.

Und dann setzen Sander und ich uns wieder auf unsere Plätze und fangen an all die Blätter zu lesen, die in dem Umschlag stecken.

Ich lese leise, aber Sander sagt ab und zu »crazy« oder irgendwelche Ausdrücke auf Holländisch, die ich nicht verstehe.

Nach etwa zehn Minuten geben wir Carlo den Umschlag zurück.

»Ehrlich gesagt«, sage ich schließlich, »ich glaube nicht, dass ich das alles könnte. So viele Tests und Fragen über Grammatik und spezielle Wörter. Dafür muss man doch mindestens zehn Jahre lang Englisch gelernt haben. Und dann der ganze Geschichtskram, den man wissen soll. Ehrlich – das kann kein Mensch. Schon gar nicht, wenn man nicht hier aufgewachsen und zur Schule gegangen ist.«

»Geschichte ist kein Problem«, sagt Carlo. »Englisch aber schon. Ich kann ja auch irgendwie sprechen, aber beim Schreiben bin ich eine absolute Niete.«

Das ist mir auch schon aufgefallen, also nicke ich. Jedenfalls stimmt es, dass Carlo bis auf den dicken Akzent ganz gut spricht. Ich verstehe meistens, was er meint.

»Warum willst du denn unbedingt aufs Internat?«, frage ich. Ich stelle mir vor, wie es so wäre ohne Mama, Papa und Ben. Viel einfacher, sagt eine Stimme in meinem Kopf. Aber gleichzeitig fühle ich wieder diese Stiche in meinem Bauch, die mir sagen, dass ich sie vermisse und mir wünsche, sie vermissten mich genauso.

»Natürlich wird es schwer, meine Familie nicht so oft zu sehen«, Carlo streicht sich eine Locke aus der Stirn. »Aber bei dem Stipendium wird alles bezahlt, sogar mein Essen. Dann gehe ich zur Uni und bekomme einen guten Job, sodass ich Mama und meinen Geschwistern helfen kann. Das ist alles, was ich will.«

Ich bin ganz still, weil ich noch nie wirklich daran gedacht habe, was ich später mal machen will.

»Und vielleicht stimmt es ja auch, dass ich ein Talent habe für Geschichte«, sagt Carlo und schlägt sein Heft auf. »Gestern Abend habe ich nämlich angefangen nachzuforschen. Ihr wisst schon, die Tudor-Zeit. Heinrich der Achte und so. Ich habe ein ziemlich großes Buch über englische Geschichte, das ich auf dem Flohmarkt gekauft habe. Und ich habe es mitgenommen.«

Ich sehe kurz zu Sander. Er denkt bestimmt dasselbe. Wie kann man nur ein Geschichtsbuch mit in den Urlaub nehmen?

»Jedenfalls bin ich Stammbaum für Stammbaum durchgegangen. Amali of Putlide ist ein seltsamer Name. Der Verfasser des Buchs, das wir gestern gefunden haben, schreibt, sie war im Jahr 1690 zu Gast auf Schloss Blackhill. Angeblich war sie die Nichte des Barons von Holdright, der auf sie aufpassen sollte. Amali übernachtete wohl im Ostturm des Schlosses – da, wo du wohnst, Rebecca. Es muss dort auch ein Zimmer mit einem kleinen Vorsprung geben, eine Art Balkon.«

Ich schüttele den Kopf. Einen Balkon habe ich nicht gesehen. Vielleicht ist er im Laufe der Jahre abgestürzt. Mir wird ganz komisch, weil ich mir vorstellen kann, wie die Geschichte weitergeht.

Carlo flüstert jetzt mit düsterer Stimme. »Eines Abends flogen schwarze Raben laut krächzend um den Schlossturm. Amali ging hinaus, sah in die Dunkelheit und entdeckte am Tor einen Mann mit grauem Umhang, der nach oben zu ihr blickte. Er schien ihr zuzuwinken und auf einmal, ohne dass sie sich dagegen wehren konnte, lehnte sie sich gegen die Balkonmauer, die nachgab. Und sie stürzte in die Tiefe.«

Ich kann kaum atmen, aber da raunt Sander auf einmal ein heiseres »Buh« in mein Ohr. Ich spüre, wie meine Wangen brennen. »Hör auf, du Idiot«, schimpfe ich laut und werfe Albert, der empört zu uns hinübersieht, einen bösen Blick zu.

14

»Baron von Holdright habe ich jedenfalls in meinem Geschichtsbuch gefunden. Er hat wohl ein ziemlich wildes Leben geführt. Und er war immer da, wo etwas los war. Königliche Bankette, Rittertuniere und Fuchsjagden. Und er kannte die damalige Schlossherrin, Cecilie von Blackhill, sehr gut. Er hat sie oft besucht.«

Ich bin ziemlich beeindruckt, was Carlo alles herausgefunden hat. Selbst Sander hält mal für einen Moment den Mund.

»Was es mit ihm und seiner Nichte auf sich hatte, konnte ich aber leider nicht herausfinden. Wer weiß, ob überhaupt was an der Geschichte dran ist.«

»Alles ist möglich«, sagt Sander zustimmend. Er sieht mich irgendwie ernst an, als sei er besorgt um mich, was ich ziemlich süß von ihm finde.

»Wir können bestimmt noch mehr in Erfahrung bringen, wenn wir auf dem Schloss ...«, beginne ich und drehe ich mich zur Tür um, denn es ist ganz still geworden und alle schauen dorthin.

Im Eingang steht Lucy. Sie trägt einen braunen Ledermantel und ich frage mich, wie lange sie dafür braucht, dass ihre Haare so perfekt auf ihren Schultern liegen. Ihre Lippen sind dunkelrot geschminkt und sie erinnert mich an eine Hollywood-Schauspielerin aus alten Zeiten.

»Na«, sagt sie und sieht sich um, »ich wollte doch mal sehen, wie ihr so mit dem Lernen vorankommt. Jester hat die Sache wohl nicht ganz im Griff.« Sie runzelt die Stirn.

Albert ist zu einer Salzsäule erstarrt. Sein Kopf liegt schräg auf der Seite und er sieht aus wie eine der Statuen im Wachsfigurenkabinett von Madame Tussaud.

Lucy geht langsam auf Mr Buntons Schreibtisch zu und legt ihre Handtasche dort ab.

»Also«, sagt sie lächelnd. »Ich bin Lucy – Alberts Gastmutter und bis vor Kurzem Lehrerin an der örtlichen Schule, die leider geschlossen wurde. Im Moment bin ich nur noch Nachhilfelehrerin.«

Vor mir raunen sich Sophie und Cara bewundernd etwas zu, während Lucy durch den Raum geht und sich allen einzeln vorstellt. Nur bei Albert sagt sie nichts, sondern streift ihm sanft über den Kopf, wodurch sich Albert endlich aus seiner Schockstarre löst.

»Hallo, ihr drei.« Sie steht so dicht vor mir, dass ich ihr Rosenparfüm riechen kann. »Wie schön, euch wiederzusehen. Ich habe nach unserem Treffen gestern nachgedacht. Ihr seid so tolle Gastschüler, da habt ihr auch vernünftigen Unterricht verdient. Jester ist jedenfalls voll ausgelastet mit seinen Bürgermeister-Tätigkeiten. Es kann Wochen dauern, bis er einen neuen Lehrer findet, und ich habe vormittags Zeit. Euch zu unterrichten ist auf jeden Fall besser, als zu Hause rumzusitzen.«

Carlo ballt zwei Fäuste zusammen und ruft »Yes!« und Sander und ich sehen uns aufgeregt an.

»Was sagt denn Mr Bunton dazu?«, frage ich und merke, dass alle mich anschauen.

»Der ist natürlich einverstanden«, sagt Lucy. »So leicht werdet ihr mich nicht los.« Sie geht nach vorne, zieht den Ledermantel aus, wirft ihn über den Stuhl und fragt: »Also, wer von euch kann mir denn erzählen, was euch hier in Seacliff schon alles aufgefallen ist?«

Die nächsten Stunden vergehen wie im Flug. Lucy erzählt Geschichten, sie lässt uns reden, verbessert Fehler freundlich, aber bestimmt und gibt denjenigen, die wollen (Albert und Carlo), extra Aufgaben im Grammatikbuch.

Lucy erklärt, dass sie heute noch bis zwei Uhr Zeit hat, aber wir auch schon früher gehen können, weil sie noch keinen richtigen Unterricht vorbereitet hat. Keiner verlässt das Zimmer, nicht mal Sander. Diesmal knurrt sein Magen, als säße ein hungriger Tiger darin.

»Kommst du morgen wieder?«, fragt Miguel zaghaft, als Lucy schließlich ihre Tasche packt.

»Worauf ihr euch verlassen könnt«, sagt sie fröhlich. »Ihr seid gut, aber ihr habt noch viel zu lernen.«

»Glück gehabt«, sagt Carlo neben mir. Wir sitzen unter den Bäumen, wo wir gestern Lucy getroffen haben. Der Wind kühlt mein Gesicht und ich schaue aufs Meer. Ich habe ein Sandwich und einen Saft im Pappkarton auf dem Schoß.

»Vielleicht kann ich in drei Wochen genug lernen, um den Test fürs Internat zu bestehen.«

»Wenn du es mit Lucy nicht schaffst«, sage ich mit vollem Mund zu Carlo, »schaffst du es mit niemandem.«

»Ja, sie ist ziemlich cool«, sagt Sander. »Auch wenn es bei mir nicht viel zu verbessern gibt.« Ich glaube, er redet jetzt absichtlich mit einem starken Akzent, was ziemlich lustig klingt.

»Ach nee. Natürlich nicht«, sage ich.

»Auf jeden Fall haben wir jetzt eine richtige Lehrerin und sind Mr Bunton los. Das ist die Hauptsache«, sagt Sander und streift die Ärmel seines weißen T-Shirts nach oben. »Rebecca?«

Ich zucke zusammen. Irgendwie habe ich nur halb zugehört. Meine Augenlider fühlen sich bleischwer an. »Sorry. Ich hab nicht so doll geschlafen. Liegt wohl am Fluch.« Ich versuche zu lächeln.

»Also dann.« Sander springt auf. »Lasst uns zum Schloss gehen und die Gespenster verjagen, damit du heute Nacht besser schlafen kannst.«

Carlo schüttelt den Kopf so heftig, dass ihm die Locken nur so um die Ohren fliegen. »Ich würde gerne gehen, aber Lucy hat mir extra Hausaufgaben gegeben und ich will sie nicht enttäuschen.«

Sander grinst. »Schon in Ordnung, solange du nicht so ein Schoßhund wirst wie Albert.«

Dann streckt er mir seine Hand entgegen und zieht mich nach oben. »Bleiben also nur du, ich und der Kater übrig. Sollen wir gehen?«

15

Mein Herz schlägt schnell, als wir den Pfad nach oben laufen. Irgendwie freue ich mich mit Sander alleine zu sein, aber es macht mich auch nervös. Plötzlich schießt Pepper von der Seite wie ein schwarzer Blitz zwischen meine Beine. Ich stolpere und falle ziemlich ungeschickt auf den steinigen Weg.

Sander lacht nur. »Dieser Kater ist wirklich speziell«, sagt er, während ich mir den Staub von der Jeans klopfe. »Kommt mir eher vor wie ein Hund, der will, dass man Stöckchen für ihn wirft.«

Ich streiche mir dir Haare aus dem Gesicht und Sander berührt meine Wange. »Da ist jetzt alles voller Staub.« Zusätzlich zum Staub hat mein Gesicht jetzt bestimmt die Farbe einer Tomate. Sander streicht mir mit dem Finger über die Wange, aber auf einmal springt Pepper von der Seite auf Sander zu, krallt sich an seiner Hose fest und robbt wie an einem Baumstamm an ihm empor, bevor er sich nach hinten fallen lässt.

»Hey«, ruft Sander, »was soll das?« Aber ich lache so laut, dass er vergisst böse auf Pepper zu sein. »Die Katze ist mindestens so verrückt wie du.«

Ich weiß nicht genau, was Sander damit meint, aber ich hoffe, dass es ein Kompliment ist.

Wir folgen weiter dem steinigen Pfad, der sich im Zickzack um den Hügel windet. Schloss Blackhill liegt noch weit entfernt, ab und an kann ich die Turmspitze ausmachen, die sich schwarz-grau vom blauen Himmel abhebt. Von hier kann man die Raben, die um den Turm kreisen, nur als ferne, schwarze Punkte erkennen.

»Hast du denn schon mit deinen Eltern gesprochen?«, frage ich Sander.

Er legt den Kopf in den Nacken und schaut in den Himmel. »Nee, und ich werde ihnen weder eine Postkarte noch eine E-Mail schicken. Vorhin habe ich auch nur so getan, als würde ich ihnen schreiben.«

»Wieso denn?«

»Das war so abgemacht«, sagt Sander. »Komischer Zufall jedenfalls, dass auf einmal im ganzen Dorf das Internet ausfällt. Gerade wenn hier lauter Gastschüler sind, die sich ohne Wifi zu Tode langweilen.«

Ich pruste los. »Ach, meinst du wirklich, wir sind so wichtig, dass sie wegen uns die Verbindung zur Außenwelt abgeschnitten haben?«

Sander sieht nicht beleidigt aus, eher nachdenklich. »Nee, aber mein Vater könnte sich zum Beispiel so was ausdenken. Die ganze Zeit meckert er, dass ich zu viel vor dem Computer rumhänge. Und dann lande ich ausgerechnet hier und kann nicht mal mehr ins Netz.«

»Glaub ich nicht«, sage ich. »Ich bin hier, weil alles andere schon ausgebucht war. Meine Eltern hatten einfach keine Zeit, sich groß umzuschauen.«

»Bei uns ist das anders«, sagt Sander und kickt nach ein paar Kieselsteinen, die auf dem Weg liegen. »Mein Vater plant immer alles ganz genau.« Sander kneift die Augenbrauen zusammen und sieht mich prüfend mit seinen grünen Augen an. »Er verhandelt ständig mit mir, wie viel Zeit ich am Computer verbringen darf. Nach einer Stunde kommt er in mein Zimmer und schaltet ab. Kannst du dir vorstellen, wie nervig das ist, wenn du gerade was zu Ende programmieren willst und dann klappt er dir den Laptop zu?«

Ich nicke, auch wenn ich eigentlich nie programmiere.

»Es gab die ganze Zeit Streit. Und soll ich dir sagen, was das Verrückte dabei ist? Mein Vater leitet eine IT-Firma. Als er jünger war, hat er nichts anderes gemacht, als vor dem Computer zu sitzen. Sagt jedenfalls meine Mutter. Die zwei haben sich nämlich schon in der Schule kennengelernt.«

»In der Schule, ehrlich?«, frage ich. »Und später haben sie geheiratet?«

Sander nickt. »Ja, ziemlich einfallslos. Dabei gibt es viel bessere Gelegenheiten, sich kennenzulernen. Auf Sprachreisen oder so.«

Ich bleibe stehen und weiß nicht, wo ich hinschauen soll. Dann sage ich schnell: »Ich bin nicht nur wegen dem Unfall hier. Ich glaube, meine Eltern halten das für so eine Art Test.«

Sander sieht mich erstaunt an.

»Ich habe ziemlichen Mist gebaut vor ein paar Wochen, aber es war echt nicht meine Schuld.«

»Ja, ja, klar«, sagt Sander und fängt an zu lachen, aber er hört schnell wieder auf, als ich ihn ernst ansehe.

»Wirklich«, sage ich. »Ich musste mit Lyra die Schule schwänzen, weil sie unbedingt ihren Vater treffen wollte. Und Arsenal war ja nur einen Tag in der Stadt.«

»Arsenal – so wie der Fußballklub?«, fragt Sander.

»Genau«, sage ich. »Lyras Eltern haben sich getrennt und ihr Vater lebt eigentlich in Wales. Lyra hatte ihn vier Monate lang nicht gesehen. Ab und zu schickt er mal eine E-Mail oder SMS. Aber meistens steht da nicht viel drin. Und dann haben wir gelesen, dass Arsenal ein Freundschaftsspiel hat in der Stadt, und in der Zeitung stand auch, in welchem Hotel die Spieler wohnen.«

»Spielt der Vater deiner Freundin etwa für Arsenal?«, fragt Sander.

»Nee, aber er hat Lyra erzählt, er wäre der Manager von Aaron Ramsey. Lyra war total glücklich, weil sie den ganz toll findet und er schon lange ihr Lieblingsspieler ist. Und weil Aaron Ramsey bei Arsenal spielt und in Hamburg war, waren wir sicher, dass Lyras Vater auch da sein muss.«

Sander räuspert sich und ich weiß, was er denkt. Mir kam die Geschichte auch komisch vor. Aber Lyra glaubt einfach alles, was ihr Vater erzählt. Vielleicht liegt es daran, dass sie mit ihrer Mutter nicht so gut klarkommt. Ich hatte natürlich versucht ihr die Sache auszureden.

»Ihr habt also die Schule geschwänzt, um den Vater deiner Freundin zu suchen?«, fragt Sander. Der Wind bläst in unsere Gesichter und verschluckt seine Worte.

»Ja«, sage ich. »Ich habe morgens eine E-Mail vom Computer meiner Mutter an die Schule geschickt. *Rebecca ist krank und kann leider nicht kommen.* Und so weiter. Nur dann hat Mama am Nachmittag meine Mathelehrerin in der Stadt getroffen und die wollte natürlich wissen, ob es mir wieder besser geht.«

Dass Mama erst mal so getan hat, als wüsste sie Bescheid, verschweige ich Sander.

»Meine Eltern haben nicht geglaubt, dass es mir um Lyra

und ihren Vater ging. Sie dachten, ich hätte wegen Aaron Ramsey die Schule geschwänzt und weil ich so cool sein will wie Lyra. Ich wollte es ihnen ja erklären. Dass ich mir Sorgen um Lyra mache. Aber sie waren stinksauer und haben mich gar nicht zu Wort kommen lassen. Seit das passiert ist, behandeln sie mich total komisch.«

Den Rest des Wegs gehen Sander und ich schweigend nebeneinanderher. Ab und zu berühren sich unsere Arme. Ich muss dauernd an das wütende Gesicht von Mama denken, als sie mich zur Rede gestellt hat. *Vertrauensbruch, Enttäuschung* ... Sie hat mir gar nicht zugehört. Auf Lyra sind Mama und Papa natürlich auch sauer. *Schlechter Umgang*, habe ich Papa sagen hören. Und dann sogar: *Vielleicht wäre eine andere Schule doch besser gewesen.*

Der Wind pfeift uns um die Ohren und ich sehe, wie die Raben in schneller Geschwindigkeit über uns ihre Kreise ziehen, als hätten sie Mühe, einen Landeplatz zu finden.

Wir sind fast beim Parkplatz angekommen, als Sander mich plötzlich am Arm fasst und nach unten zieht. Ich habe keine Ahnung, was los ist, doch bevor ich fragen kann, hat er einen Finger auf den Mund gelegt und zeigt auf die Straße gegenüber, die zum Parkplatz führt. Darauf biegt eben ein roter Sportwagen ein.

»Deine Gastmutter bekommt Besuch«, flüstert Sander.

Pumpkin steht auf dem Parkplatz und der Sportwagen stellt sich genau daneben.

Sander berührt immer noch meinen Arm. Er zeigt mit dem Kinn zum roten Sportwagen. Daraus steigt gerade kein anderer als Jester Bunton.

Er trägt ein hellgraues Jackett über einer dunklen Hose und um den Hals hängt eine ziemlich monströse Kamera. Inzwischen hat er uns den Rücken zugekehrt und läuft langsam zum Schloss, wobei er immer wieder zum Turm hinaufsieht.

Schließlich bleibt er stehen, packt die Kamera aus und fängt an Aufnahmen vom Turm zu machen. Dabei pfeift er fröhlich vor sich hin.

»Lucy hatte recht«, flüstert Sander. »Jester Bunton hat viele Jobs. Jetzt ist er auch noch Fotograf ...«

Das Tor zum Schloss öffnet sich mit einem so lauten Knarzen, dass wir beide sofort verstummen und Jester Bunton sich erschrocken umsieht.

»Was soll das?«, kreischt Mrs Lydia. Sie sieht furchterregend aus. Ein knallpinkes Kostüm mit einem giftgrünen Schal, ihre grauen Haare schräg nach oben toupiert.

Jester Bunton hat sich wieder gefangen. Er verbeugt sich leicht und ruft: »Lydia, schön dich zu sehen. Wo soll es denn hingehen?«, fragt er und mustert ihr Outfit.

»Ich habe einen wichtigen Termin«, sagt Mrs Lydia, »also keine Zeit für Small Talk mit dir. Was machst du hier?« Sie zeigt auf die Kamera. »Warum fotografierst du mein Schloss?«

Jester Bunton legt eine Hand auf die Kamera. »Die Stadt hat hier Zutritt. Das hatten wir doch so abgesprochen«, sagt er und klingt dabei wie ein Zoowärter, der ein wildes Tier beruhigen will. »Beim letzten Mal, als du Geld brauchtest, hast du uns das Recht daran eingeräumt. Schloss Blackhill ist schließlich *die* Attraktion in Seacliff. Du solltest stolz darauf sein. Bitte Lydia, alles, was ich brauche, sind ein paar Fotos.«

»Verschwinde«, sagt Mrs Lydia und geht drohend auf

Mr Bunton zu. Dabei schwingt sie ihre Handtasche wie eine schwere Metallkette. Ich rücke etwas näher an Sander.

»Solltest du dich nicht besser um deine Schüler kümmern? Wieder so ein fehlgeschlagenes Projekt, bei dem du den Leuten versprichst, es würde dem Dorf helfen, und am Ende kommt nichts dabei heraus. Verschwinde von meinem Grundstück! Ich habe niemals erlaubt, dass du hier Fotos machst.«

Mr Bunton bewegt sich rückwärts, um der Handtasche auszuweichen. »Lydia. Hör sofort damit auf.«

Die Handtasche zischt dicht an seinem Kopf vorbei und er flüchtet ins Auto. Kurz nachdem der Motor aufheult, steckt er seinen Kopf aus dem Fenster und ruft: »Apropos Sprachschüler. Ich kann nicht verstehen, warum du dich nicht besser um das arme Mädchen kümmerst. Wieso hast du dich überhaupt als Gastmutter zur Verfügung gestellt? Das ganze Dorf redet schon. Wohnt sie tatsächlich im Turmzimmer? Hattest du wirklich keinen anderen Platz für sie? Wir wissen doch, wie gefährlich das ist. Das Letzte, was wir hier brauchen, ist ein Unfall. Und ich bin alles andere als abergläubisch. Ich kann ja verstehen, dass du das Geld brauchst, aber es ist wirklich nicht fair ...«

In diesem Moment lässt Mrs Lydia ihrer Handtasche los, die auf den Sportwagen zuschießt und mit einem lauten Knall auf der Windschutzscheibe landet. Mr Bunton setzt das Auto zurück. Schottersteine fliegen in alle Richtungen, als er mit Vollgas den Parkplatz verlässt.

Sander hat meine Hand genommen und drückt sie ganz fest. Vielleicht denkt er, sein Lächeln würde mich beruhigen.

16

Ich weiß nicht, wie viel Zeit vergeht. Vielleicht ein paar Minuten. Nachdem auch der Mini den Parkplatz verlassen hat, sitzen Sander und ich immer noch im Gras. »Deine Gastmutter ist ja wirklich schräg drauf. Hast du gesehen, wie sie die Handtasche schwingen kann? Im Zweikampf hätte Mr Bunton sicher keine Chance.« Er schaut mich von der Seite an. »Du machst dir hoffentlich keine Gedanken darüber, was er gesagt hat«, sagt er ziemlich leise.

»Nee«, lüge ich, auch wenn ich die ganze Zeit daran denken muss, dass anscheinend ganz Seacliff darüber spekuliert, ob ich bald dem dämlichen Fluch zum Opfer falle.

Der Wind bläst Sander die Haare in sein braun gebranntes Gesicht. Ich merke, wie ich ihn mit offenem Mund anstarre, und presse schnell die Lippen aufeinander.

»Weißt du, Abby und Matt wollten eigentlich ein Mädchen als Gastschüler. Abby ist nämlich schwanger und bekommt ein Mädchen. Da wollten sie gerne mal ausprobieren, wie das so ist.«

Ich sehe ihn fragend an.

»Na ja«, sagt er. »Irgendwie ist da doch was schiefgegangen! In meiner Gastfamilie sollte ein Mädchen landen und auf dem Schloss, in dem Turmzimmer, bestimmt ein Junge.

Das ist ein bisschen so wie bei der Geburt vertauscht.« Er nimmt meine Hand und drückt sie und mir wird ganz warm im Bauch.

»Siehst du«, sagt Sander und muss leider meine Hand loslassen, weil Pepper seinen Kopf dazwischenschiebt. »Wir sollten einfach die Gastfamilien tauschen. Sag besser schnell Ja. Ich bin normalerweise niemals selbstlos. Sagt mein Vater zumindest.«

»Also glaubst du auch dran?«, frage ich, setze Pepper auf den Boden und stehe auf.

»Woran?«

»Den Fluch und so. Daran, was Jester Bunton gerade zu Mrs Lydia gesagt hat. Alle im Dorf warten darauf, dass mir etwas passiert.« In diesem Moment fliegt ein Rabe so dicht über unsere Köpfe, dass wir beide zusammenzucken. Wie ein schwarzer Schatten verschwindet er im Sturzflug den Hügel hinunter.

»Buh«, sage ich zu Sander, der dem Vogel wie erstarrt hinterherschaut.

»Du kannst es dir ja überlegen«, sagt Sander. »Mein Angebot steht.« Und dann wieder mit totalem Akzent: »Wir wollen doch nicht, dass unsere beste Schülerin einem Fluch zum Opfer fällt.«

Ein paar Minuten später sitzen wir wieder in der Bibliothek. Sander läuft die Regale auf und ab und schüttelt den Kopf. »Ich habe keine Ahnung, was wir genau suchen und wo wir damit anfangen sollen.«

Meine Augen scannen die ganze Wand ab. Die hohen Regale stehen voll mit alten, in Leder gebundenen Büchern und

Kisten aus Metall, an denen vergilbte Zettel kleben, in kaum leserlicher Handschrift.

»Kannst du vielleicht irgendwo Jahreszahlen erkennen?«, frage ich. Sander geht so nah an die Kisten, dass er sie fast mit der Nase berührt.

»Hier«, sagt er schließlich. »1651 bis 1670, den Rest kann ich kaum entziffern.«

»Das ist zu früh«, sage ich. »Carlo meinte doch, Baron von Holdright hat das Schloss 1676 besucht.«

»Schau mal!«, ruft Sander und zeigt auf das oberste Regal. »1671 bis 1690.«

»Wow«, sage ich, »das kann ich von hier kaum erkennen.«

Sander grinst. »Meine Augen sind die besten in meiner Familie. Und das will was heißen.«

Wenig später haben wir die Kiste vor uns auf den Boden gestellt. Der Deckel klemmt und erst denke ich, sie ist verschlossen. Gemeinsam schaffen Sander und ich es schließlich, den Deckel abzubekommen.

»Wer sagt's denn.« Sander greift vorsichtig nach den Papieren in der Kiste.

Die meisten davon sind in vergilbten Umschlägen verstaut. Viele haben ein Wachssiegel.

»Sollte so was nicht lieber im Museum liegen?«, frage ich Sander.

»Weiß nicht«, sagt er. »Möchtest du, dass deine Briefe in ein paar Hundert Jahren im Museum liegen?«

»Mir egal. Ich schreibe nur E-Mails. Wenn überhaupt.«

»Ja«, sagt Sander, »und dann haben deine Nachfahren es noch viel leichter, später mal deine Liebesbriefe zu lesen. Eine Suche auf dem richtigen Server reicht aus. Pass lieber auf, was du schreibst. Die Briefe hier sehen jedenfalls aus, als hätte sich jemand richtig Mühe gegeben. So ordentlich. Und manche sind echt seitenlang!«

Sander hat ein paar Papiere aus ihrem Umschlag gezogen und hält mir drei Blätter entgegen.

»Ordentlich schon«, sage ich und betrachte die sorgsam gezeichneten Buchstaben in ihren kerzengeraden Reihen auf dem vergilbten Brief. »Aber trotzdem kann ich kaum ein Wort davon entziffern.«

»Sieh mal hier«, sagt Sander. »Die meisten der Briefe sind adressiert an Cecilie von Blackhill. Hat Carlo nicht gesagt, dass die mal Schlossherrin war? So wie Mrs Lydia heute.«

»Vielleicht wollte Baron Holdright sie beeindrucken mit seinen Schauergeschichten?«, frage ich.

»Ich kenne jemanden, der das bestimmt herausfinden kann«, sagt Sander.

»Carlo!«, rufe ich.

»Genau«, sagt Sander und fängt an die Briefe in seinen Rucksack zu stecken.

Ich habe ein mulmiges Gefühl bei der Sache. Was, wenn Mrs Lydia uns auf die Schliche kommt? Und was, wenn sie sich dann über mich beschwert?

Als hätte er meine Gedanken erraten, sagt Sander: »Du hast Angst, dass deine Eltern mitbekommen, was du hier treibst, stimmt's? Mach dir keine Sorgen. Diese Kiste hat seit Jahrzehnten keiner geöffnet. Wir stellen sie einfach wieder ins Regal und keiner wird merken, dass wir die Briefe mitgenommen haben. Das ist die Chance, etwas über diesen Fluch herausbekommen.«

Ich nicke, aber wenn im Moment eine Sache unheimlicher ist als der Fluch von Schloss Blackhill, dann die Vorstellung, was meine Eltern mit mir machen, wenn sie mich beim Klauen alter Briefe erwischen.

17

Am nächsten Morgen schlurfe ich gähnend die Treppen hinunter zur Küche. Mrs Lydia habe ich abends nicht mehr gesehen. Und so konnte Sander das Schloss unbemerkt verlassen.

Ich murmele ein »Good Morning« und merke, wie heiser meine Stimme klingt. Liegt wohl daran, dass Sander und ich gestern noch so lange geredet haben.

Neben meinen Cornflakes liegt ein bedrucktes DIN-A4-Blatt. »Ein Fax für dich«, sagt Mrs Lydia und beißt in ein Stück verkohlten Toast, der dünn mit Butter beschmiert ist.

»Ein was?«, frage ich, nicht sicher, was das Wort bedeuten soll.

»Sag bloß, du weißt nicht, was ein Telefax ist«, antwortet sie und schiebt eine Tasse mit dampfendem Tee zu mir.

»Nicht genau«, sage ich und fange an den Zettel zu inspizieren.

»Bevor die Menschen begannen über das Internet zu kommunizieren, schickten sie sich Nachrichten über Telefonleitungen. Zum Glück ist das immer noch eine Alternative, denn du hast sicher schon davon gehört, unser Dorf ist gerade von eben jenem Internet abgeschnitten. Aber«, sie lächelt mich sarkastisch an, »unser begnadeter Bürgermeister wird das alles schon wieder hinbekommen.«

Jetzt sehe ich, dass die Nachricht von Mama und Papa ist. Ich lese, so schnell ich kann. Sie schreiben, dass es Ben besser geht. Er ist immer noch im Krankenhaus, aber es sieht aus, als hätten die Ärzte die Infektion in den Griff bekommen. Natürlich bin ich erleichtert darüber, aber das Fax klingt so nüchtern, dass ich wütend werde. Nirgendwo steht, dass sie mich vermissen. Ich kaue so energisch, dass die Cornflakes zwischen meinen Zähnen knirschen.

Gut, dass wir so schnell informiert wurden, was die Probleme mit dem Internet angeht. Du solltest dich ja auch aufs Lernen konzentrieren. Mach dir bitte keine Sorgen mehr um Ben und genieße die Zeit in Seacliff. Wir informieren Mrs Lydia, wenn es etwas Wichtiges gibt.

»Da werden Sanders Eltern wohl auch glücklich sein. Kein Internet«, sage ich.

»Mehr Zeit an der frischen Luft«, antwortet Mrs Lydia mit strengem Blick.

»Zum Lernen ist der Computer manchmal ganz nützlich und meine Eltern hätten mich wohl nicht nach Seacliff geschickt ohne die Website, auf der sie die Sprachreise gefunden haben«, sage ich.

»Die Sprachreise gäbe es überhaupt nicht, hätten nicht die alte Druckerei und die Möbelfabrik schließen müssen.« Mrs Lydia seufzt. »Die Stühle, auf denen wir sitzen, wurden zum Beispiel dort hergestellt. Beste Qualität, so was kann man heute gar nicht mehr kaufen. Und außerdem haben sie die Antiquitäten im Schloss repariert, zu einem Spottpreis.«

Ich trinke einen Schluck von dem süßen Tee, der gar nicht so schlecht schmeckt, und höre Mrs Lydia weiter zu.

»Aber die Leute hier haben einfach keinen Elan. Und sie

lassen sich alles Mögliche erzählen. Sprachschule. Pah! Tourismus findet in Seacliff nicht statt. Du hast wahrscheinlich schon gemerkt, dass wir nicht das idyllischste Dorf in Südengland sind.«

Ich nicke, aber das bringt mir nur einen strengen Blick ein. Mrs Lydia bevorzugt anscheinend Zuhörer, die stillsitzen und keine eigene Meinung haben.

»Zuerst wollten alle einen Golfplatz bauen, aber rund um das Dorf befinden sich Naturschutzgebiete. Also ging das auch daneben. In der Zwischenzeit hatte die Schule geschlossen und die Post. Der nächste Hausarzt hat seine Praxis zwei Dörfer weiter. Aber bevor wir den Laden hier ganz dichtmachen, kam dann die Idee mit der Sprachschule. Sprachreisen für Teenager. So wie in den großen Küstenstädten. Und ihr seid die Versuchskaninchen.«

»Sie glauben also, dass bald noch mehr Sprachschüler nach Seacliff kommen?«, frage ich vorsichtig. Es wäre sicher unhöflich, an dieser Stelle zu erwähnen, dass es weder Trampolinhallen noch Lehrer gibt, also halte ich mich zurück.

»Genau! Mehrere Hundert jeden Sommer. Und weil es hier im Winter so einladend ist, veranstalten wir auch Kurse über Weihnachten.« Mrs Lydia schlägt mit der flachen Hand auf den Tisch, sodass mein Tee überschwappt.

»Das ist bestimmt nicht so einfach«, sage ich diplomatisch, während ich mit einem Taschentuch die Teepfütze trocken wische.

»Es ist eine verdammte Lüge,« sagt Mrs Lydia. »Ein totales Hirngespinst, aber an irgendwas müssen wir ja glauben. Dieses Dorf ist dem Untergang geweiht und niemand will es wahrhaben.«

Wir kauen schweigend unsere Cornflakes, begleitet vom Ticken der großen, braunen Standuhr hinter Mrs Lydias Stuhl.

Ich muss an Lucy denken und an Gary, die mir beide leidtun, weil sie bestimmt zu den Leuten gehören, die an die Sprachschule glauben. Und an Carlos Gastmutter, die sicher nicht so einfach umziehen kann mit ihren vielen Kindern.

»Ich begreife das nicht ganz«, sage ich schließlich zu Mrs Lydia. »Wenn Sie nicht an die Idee mit der Sprachschule glauben, warum haben Sie dann mitgemacht und mich als Gastschülerin aufgenommen?«

Mrs Lydia zieht ihre schwarz gemalten Augenbrauen nach oben und tausend tiefe Faltenbögen entstehen auf ihrer Stirn.

»Was für eine dämliche Frage. Denkst du etwa, es macht mir Spaß, mich mit Kindern herumzuschlagen, die unsere Sprache verunstalten? Ich mache natürlich mit, weil ich Geld brauche. Ich bin genauso pleite wie alle anderen in Seacliff.«

18

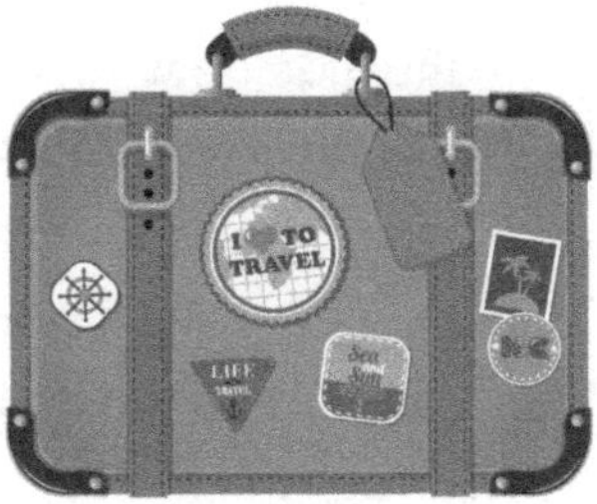

Nach dem Frühstück freue ich mich total auf den Unterricht mit Lucy. Am witzigsten sind die Sprechübungen, bei denen vor allem Carlo sich immer verhaspelt, aber er findet das selber so lustig, dass er gar nicht mehr aufhören kann zu lachen.

Dafür glänzt er dann, wenn Lucy uns nach wichtigen Daten der englischen Geschichte fragt. Das große Feuer von London im Jahr 1666, die Rosenkriege 1455–1487.

Normalerweise wird mir immer ganz heiß, wenn jemand nach Jahreszahlen fragt, weil ich sie mir nie merken kann. Aber Lucy geht es um ganz andere Sachen. Meistens erzählt sie interessante Geschichten, die in diesen Zeiten passiert sind. Ich weiß jetzt zum Beispiel, dass das große Feuer von London in der Pudding Lane begonnen hat.

Selbst Grammatik lernen mit Lucy finde ich lustig, wenn sie uns alle nach Satzteilen benennt und durch den Raum rennen lässt, bis wir einen sinnvollen Satz formulieren. Nur Albert mault, denn er kommt ständig aus der Puste. Aber dann streicht Lucy ihm über den Kopf und flüstert: »Albert, darling. Where is your team spirit?«

Ich finde es manchmal fast zu chaotisch, aber dann brüllt Carlo durch den Raum. »Jetzt mal Ruhe, Leute. Ich muss das alles lernen, sonst schaffe ich es nie aufs Internat.«

Inzwischen wissen natürlich alle Bescheid, worum es geht. Lucy hat uns ausführlich erklärt, wie berühmt dieses Internat ist und dass es nur die wenigsten Kinder schaffen, dort aufgenommen zu werden. Und fast keiner hat jemals ein Stipendium dafür bekommen.

Ich drehe mich zu Albert um, denn er sieht Carlo jetzt bewundernd an, hört aber sofort damit auf, als Lucy sagt: »Aber wenn es einer schaffen kann, dann ja wohl Carlo.«

Ich finde es gar nicht schlimm, dass wir nur eine kurze Pause am Vormittag haben. Aber deshalb können wir Carlo erst in der Mittagspause die alten Briefe geben, die Sander und ich aus dem Schloss mitgenommen haben.

Wir sitzen auf den Kieselsteinen, schauen aufs Meer und die Sonne scheint auf meine nackten Füße. Zum ersten Mal habe ich Lust, ins Wasser zu gehen. Vielleicht erst mal nur bis zu den Knien und nicht gleich ganz rein, wie die drei kleinen Kinder, die vor uns in den Wellen herumturnen.

Carlo kommt aus dem Staunen nicht heraus. »Wo habt ihr die nur gefunden?«, murmelt er. »Ich habe solche Originale noch nie in der Hand gehalten.« Er sieht so ehrfürchtig aus, dass ich mir das Lachen verkneifen muss.

»Na ja«, sage ich schließlich, während ich mit meinen nackten Füßen die warmen Kieselsteine hin und her schiebe. »Wir haben Mrs Lydia nicht direkt um Erlaubnis gefragt, die Briefe aus der Bibliothek zu nehmen, aber du passt ja bestimmt gut darauf auf. Sobald du Näheres über Amali of Putlide herausgefunden hast, legen wir sie einfach wieder zurück.«

»Wenn du meinst«, sagt Carlo und hält die Blätter so vorsichtig in der Hand, als hätte er Angst, sie könnten zerfallen.

»Ich habe mir übrigens auch das nächste Kapitel in diesem seltsamen Buch über den Fluch von Schloss Blackhill vorgenommen.«

»Das zweite Opfer?«, fragt Sander. Ich merke, wie ich beide Daumen fest in meine Handflächen presse.

»Ihr Name war Ella Roseberry«, sagt Carlo. »Ich habe Ellas Familie in meinem Geschichtsbuch gefunden. Es wäre viel einfacher, wenn wir das Internet benutzen könnten. Aber zumindest gibt es einen Eintrag über die Geburt von Baby Ella im Jahr 1871 in der Grafschaft Cambridge. Im Buch über den Fluch steht, sie ist 1887 gestorben. Dann wäre sie nur sechzehn Jahre alt geworden.«

»Taucht ihr Name vielleicht später noch einmal auf?«, frage ich.

»Ich habe nichts über sie gefunden«, sagt Carlo, »aber vielleicht sollten wir noch mal im Schloss nachschauen?«

Bevor ich antworten kann, unterbricht uns eine Stimme.

»Hattest du nicht gesagt, du brauchst ein Zertifikat von diesem Kurs für deine Internats-Bewerbung?«

Ich bin total überrascht, dass auf einmal Albert neben uns steht. Er muss sich lautlos angeschlichen haben.

Carlo lässt vor Schreck die alten Briefe fallen. Mist, denke ich. Wenn die Dinger beschädigt werden und es jemand merkt ...

»Was willst du?«, fragt Sander und geht auf Albert zu. Er ist mindestens einen Kopf größer als Albert.

»Es sieht so aus, als hätte ich Neuigkeiten für euch«, sagt Albert und rümpft die Nase, was ihn nicht gerade sympathischer aussehen lässt. »Das betrifft natürlich uns alle, aber wohl vor allem diejenigen, die ein Zertifikat brauchen.«

»Kannst du dich mal klarer ausdrücken?«, frage ich, während ich die Briefe vom Boden aufsammele.

Albert setzt sich extra langsam auf die Bank neben Carlo und steckt seine Daumen unter die Hosenträger. »Also«, fängt er an und sieht zu Carlo. »Ich wollte eben noch ein paar Extraübungen machen, die Lucy mir gegeben hat, deswegen bin ich in der Pause im Klassenzimmer geblieben.«

»Und?«, fragt Sander genervt.

»Plötzlich wurde es etwas lauter vor der Tür. Ich erkannte die Stimmen von Lucy und Mr Bunton. Sie klangen ziemlich aufgeregt.« Albert macht wieder eine dramatische Pause, aber diesmal unterbricht ihn niemand.

»Mr Bunton hat irgendwas von Lehrerlaubnis gesagt und einer Inspektion. Und Lucy hat gerufen, sie kann nicht glauben, dass sich noch keiner darum gekümmert hat. Schließlich gebe es hier Gastschüler, die ein Zertifikat brauchen.« Albert starrt weiter auf Carlo, der inzwischen ganz blass geworden ist. »Ich nehme an, damit meint sie dich«, sagt er überflüssigerweise.

»Was hat Mr Bunton dann gesagt?«, frage ich.

»Es würde schon irgendwie klargehen. Und Lucy soll sich einfach darum kümmern, dass Seacliff die Genehmigung bekommt. Sie sei ja schließlich Lehrerin. Er hätte jede Menge andere Dinge zu tun. Und dann hat Lucy gerufen, sie hat keine Ahnung, wie sie das allen erklären soll. Die Leute in Seacliff hätten so große Hoffnungen, was das Projekt angeht. Und für uns wäre es auch eine Zumutung ...«

Am liebsten würde ich erzählen, was Mrs Lydia heute beim Frühstück gesagt hat. Seacliff ist eben einfach nicht geeignet für eine Sprachschule. Aber das ist wohl das Letzte, was Carlo hören möchte. Und schon gar nicht, solange Albert hier rumsitzt.

»Tja«, sagt Albert und lässt die Hosenträger zurückschnalzen, »sieht jedenfalls nicht so aus, als könntest du hier dein Zertifikat fürs Internat bekommen.«

Sander geht ein paar Schritte nach vorne. So als wolle er Albert mal kräftig die Meinung sagen. Ich ziehe ihn zurück. »Lass mal. Wir wissen doch alle, dass Albert sich gerne wichtigmacht.«

Albert schnappt nach Luft und kneift die Augen zusammen. »Über dich hat Mr Bunton auch was gesagt, Rebecca. Dass man wohl besonders auf dich aufpassen soll, wo Schloss Blackhill einsturzgefährdet ist, und welchen Ärger es geben wird, wenn dir was passiert. Dann werden wir anderen sicher sofort abgeholt.«

»Na und?«, rufe ich. »Dann muss ich wenigstens meine Sommerferien nicht mit dir in einem Klassenzimmer verbringen. Vielleicht kannst du ja auch früher abgeholt werden, wenn du hier zu wenig lernst und kein Zertifikat bekommen kannst.«

Albert watschelt beleidigt davon.

Ich drehe mich zu den Jungs um. Sander nickt mir zu, aber Carlo sieht echt verzweifelt aus. Für einen Moment hatte ich vergessen, was das alles für ihn bedeutet.

»Tut mir leid, Carlo«, flüstere ich.

Ich sehe aufs Meer. Der Himmel hat sich plötzlich verdunkelt. Vor die Sonne sind dicke schwarze Wolken gezogen und der Horizont sieht so dunkel aus, als wäre dort schon die Nacht angebrochen.

»Kommt rein, Kinder«, höre ich auf einmal Lucys Stimme

rufen. »Wir bekommen schlechtes Wetter. Wenn wir Pech haben, wird es ein Sturm.«

Als wir zurückgehen, sehe ich dauernd zu Sander. Irgendwie will ich, dass er mich noch mal fragt, ob wir die Gastfamilien tauschen. Bei Sturm auf Schloss Blackhill zu sitzen stelle ich mir furchtbar vor.

Aber Sander sagt kein Wort.

19

Abends liege ich auf meinem Bett, ziehe die Decke bis zum Hals und höre den Raben zu, die sich kreischend gegen den Sturm wehren, der draußen an dem alten Gemäuer rüttelt. Ich fürchte, jederzeit kann einer von ihnen an das klappernde Turmfenster geschleudert werden. Es kommt mir vor, als könnte ich jede Welle hören, die mit Wucht gegen die Felsen tief unter Schloss Blackhill schlägt.

Lucy hat uns alle etwas früher nach Hause geschickt wegen der Unwetterwarnung und mich hat sie sogar im Auto zum Schloss gefahren.

»Du willst nicht alleine den Weg über den Klippen laufen, wenn der Sturm kommt«, hat sie gesagt und mir den Arm um die Schultern gelegt. »Ich hab doch Pepper«, war meine Antwort, aber sie hat mir nur einen strengen Blick zugeworfen.

Im Auto habe ich sie dann sofort nach dem Gespräch gefragt, von dem Albert erzählt hat. Natürlich nur das über das Zertifikat, nicht das über mich, Schloss Blackhill und den Fluch.

»Macht euch darüber mal keine Gedanken. Das geht nur mich und Jester Bunton etwas an.«

Ihre Sätze klangen so bestimmt, dass ich darauf verzichtet habe, weiter nachzuhaken.

Als wir oben angekommen waren, peitschte der Regen schon ums Schloss. Mrs Lydia wartete am Eingang auf mich.

Kaum war ich im Schloss, verabschiedete sich Mrs Lydia wieder, ihre Stimme so abwesend, als wäre sie schon ganz woanders. »Dein Essen steht in der Küche. Ich komme erst spät zurück. Bei dem scheußlichen Wetter ist es am besten, du bleibst drinnen. Ich habe noch einen wichtigen Termin. Wir werden uns wohl erst morgen zum Frühstück sehen.«

Erst habe ich eine Weile gelesen, dann auf dem Tablet gespielt, aber ich kann mich nicht mehr konzentrieren. Der Wind heult immer lauter und in der Ferne höre ich es donnern. Ich wünschte, Mrs Lydia würde zurückkommen.

Ich versuche an andere Dinge zu denken und frage mich, wie es Lyra so geht. Seit dem Tag, an dem wir vergeblich auf Aaron Ramsey und ihren Vater gewartet haben, konnte ich sie nur noch von Weitem sehen. Ihre Mutter hat nur gebrüllt, als Mama und ich bei ihr zu Hause aufgetaucht sind und Mama die ganze Geschichte erzählt hat.

Und als Lyra dann noch damit anfing, dass sie doch ein Recht hat, ihren Vater zu sehen, war es ganz aus. Die letzten beiden Schulwochen durften wir uns nicht mehr treffen. Nicht mal Nachrichten schicken. Ich wünschte, sie wäre hier. Lyra ist immer so mutig. Über den Fluch würde sie sicher nur lachen. Aber mir ist gar nicht nach Lachen zumute. Es sieht so aus, als würden sich die Vorhänge vor meinem Fenster bewegen, und immer wieder sehe ich Schatten vorbeifliegen.

Im Halbdunkel kann ich die Mädchen auf den Porträts nicht erkennen, aber es fühlt sich so an, als würden mich alle anstarren. Vielleicht wollen sie mich warnen. Ich bekomme eine Gänsehaut und wickele die Daunendecke um meine Schultern.

Pepper versucht mich aufzuheitern. Zuerst leckt er meine Finger ab, dann versucht er mit seinem Kopf in meine Achselhöhle zu kommen, was so sehr kitzelt, dass ich aufstehe. In kurzen Abständen donnert und blitzt es. Ich ziehe die Decke fester um mich herum.

Ein kräftiger Luftzug weht durch die Ritzen des alten Fensters, das leise vor sich hin scheppert. Auf einmal höre ich ein Geräusch direkt hinter mir. Erschrocken drehe ich mich um und stoße mit meinem Bein gegen Pepper auf dem Boden. Der Kater miaut und sprintet in Richtung Zimmertür, die ich einen Spalt offen gelassen habe.

»Pepper«, rufe ich, aber ich kann ihn nicht sehen, sondern nur das Tapsen seiner Pfoten auf den kalten Steinstufen hören. »Pepper, komm zurück. Bitte!«

Ich kann nicht glauben, dass er jetzt auch noch weg ist.

Für ein paar Minuten hoffe ich, dass Pepper von alleine zurückkommt. Aber als sich nichts tut, beschließe ich ihm zu folgen. Mist – mitten in der Nacht durchs dunkle Schloss! Ich greife nach der gelben, kleinen Nachtlampe, ohne die ich nie verreise.

Das Treppenhaus im Turm hat kein elektrisches Licht. Mrs Lydia zündet normalerweise abends ein paar Öllampen an, aber sie hat es wohl vergessen, bevor sie weggefahren ist. Es ist stockdunkel und ich wünschte, ich hätte Katzenaugen. Der Schein meiner Nachtlampe ist zwar schwach, aber er gibt mir wenigstens genug Licht, um zu erkennen, wohin ich laufe. Im ersten Stock überlege ich, ob ich nach rechts oder links gehen soll, doch dann höre ich ein leises Miauen aus dem unteren Stockwerk. Zum Glück ist das Licht in der Eingangshalle an, aber Pepper kann ich hier nicht finden.

»Pepper«, rufe ich. »Komm wieder hoch, bevor Mrs Lydia zurückkommt.«

Er antwortet mit einem leisen Miauen, das aus der Küche kommen muss. Noch mehr Treppenstufen nach unten, wenigstens ist auch hier ein Lichtschalter.

Neben dem Herd steht eine Tür offen. Bisher habe ich immer geglaubt, es wäre eine Vorratskammer, aber als ich näher herangehe, sehe ich nur eine Treppe, die noch weiter nach unten führt. Und ausgerechnet von dort tönt jetzt Peppers Miauen, laut und klar.

»Es reicht!«, rufe ich. »Komm sofort nach oben, Pepper. Du glaubst doch nicht, dass ich wegen dir das ganze Schloss absuche.«

Aber es hilft nichts. Pepper miaut weiter, aber nach oben kommt er nicht. Meine Füße tasten die eiskalten Steinstufen entlang.

Unten erwartet mich eine Überraschung. Pepper sitzt am Treppenabsatz und schaut mich erwartungsvoll an. Im Halbdunkel sehe ich mich um. Vor mir führt ein langer Gang in die Dunkelheit. Er ist zugestellt mit verhüllten Gegenständen. Vermutlich sind es Möbel, die sich unter den hellen Laken befinden.

»So sieht also der Schlosskeller aus«, sage ich zu Pepper und streichele ihm über den Kopf. »Ein geheimnisvoller Gang. Wolltest du mir das zeigen?«

Pepper drückt seinen Kopf stolz gegen meine Hand. Ich nutze die Gelegenheit und schnappe ihn mir.

»Das reicht für heute! Wir werden jetzt sicher nicht die Gänge erforschen, falls du das vorhattest.«

Aber da habe ich Pepper wohl falsch eingeschätzt. Mit einem gewaltigen Satz springt er von meinem Arm und faucht wie wild. Und dann entwischt er.

Ich taste die ganze Wand nach einem Lichtschalter ab, und tatsächlich. Es dauert eine Sekunde, aber schließlich geht ein flackerndes Neonlicht an. Leider hilft mir das im Moment nicht weiter, denn von Pepper ist keine Spur zu sehen. Ich laufe vorsichtig den Gang entlang, an den verhüllten Möbeln vorbei, die wie breite Gespenster aussehen, und bemühe mich den Spinnweben, die von der Decke und den Wänden hängen, auszuweichen.

Das muss es sein. Pepper ist bestimmt auf Spinnenjagd. Papa sagt, manche Katzen sind total wild darauf. Die dunklen, vermoderten Gänge müssen Pepper wie ein Vergnügungspark für Katzen vorkommen.

Und dann stehe ich plötzlich vor einer Holztür. Der Gang biegt links ab.

»Pepper – wo steckst du nur?«, rufe ich, und tatsächlich, er antwortet. Leider kommt das Geräusch von der anderen Seite der Tür.

Sein Miauen klingt so kläglich, dass ich mir schreckliche Sorgen um ihn mache. Ich drücke den eisernen Türgriff nach unten, stemme mich gegen das Holz, aber nichts passiert. Die Tür ist fest verschlossen.

20

»Wie kann das sein?«, frage ich mich. »Wie bist du bloß da hineingekommen, Pepper?«

Das Miauen ist jetzt ganz nah. Ich beuge mich nach unten, um besser zu sehen, wie Pepper es geschafft hat, durch die Tür zu kommen. Alles klar. Hier unten ist ein Spalt, fast so hoch wie meine Hand. Ich strecke meine Hand durch und spüre sofort Peppers warme Schnauze an meinen Fingern.

»Na komm schon«, rede ich sanft auf ihn ein.

Umsonst. Pepper fängt wieder an mit seinem kläglichen Miauen. Seine Töne hallen unheimlich durch den Gang und auf einmal glaube ich an Schlossgespenster, Poltergeister und uralte Flüche. Sehe ich den Mädchen auf den Bildern nicht ein bisschen ähnlich? Warum sonst machen sich alle solche Sorgen um mich? Meine Wangen brennen und mein Herz rast.

Ich atme tief durch und konzentriere mich. Pepper braucht meine Hilfe. Was hat Carlo noch mal gesagt? Die Leute sind total einfallslos, wenn es darum geht, Schlüssel zu verstecken. Ich taste den Türrahmen ab, wo sich jede Menge Staub und Spinnweben angesammelt haben.

Und dann, endlich. An der linken Seite befindet sich ein Haken, daran fühle ich etwas Glattes aus Metall. Es ist ein Schlüssel.

Ich habe Schwierigkeiten, ihn ins Schloss zu bekommen, denn das Licht der Neonröhre scheint hier hinten nur schwach. Meine Finger sind total kalt, was es auch nicht leichter macht. Aber dann spüre ich, wie der Schlüssel ganz ins Schloss rutscht, und ich schaffe es, ihn zu drehen. Die Tür quietscht, als ich sie nach innen schiebe.

Peppers Augen strahlen rot in der Dunkelheit. Aber er ist wohl genauso nervös wie ich und rennt wie der Blitz durch den Gang zurück in Richtung Küche.

Am schlausten wäre es sicher, ihm hinterherzurennen, und den dunklen Keller mit seinen Geheimnissen hinter mir zu lassen, aber stattdessen halte ich meine Nachtlampe vor mich und versuche etwas zu erkennen.

Mir stockt der Atem. Ich weiß auch nicht, was ich erwartet hatte. Einen Vorratsraum vielleicht oder eine Abstellkammer, eventuell auch einen Weinkeller. Aber das hier ist etwas ganz anderes. Es ist eines der gemütlichsten Zimmer, die ich je gesehen habe.

An den Wänden und an der Decke sind bunte Tücher gespannt in hellen Farben, rot, gelb und orange. Auf dem Boden liegen große Sitzkissen mit indischen Stickereien, daneben steht eine riesige Stehlampe, die mich an Mamas Lieblingscafé erinnert. Es gibt sogar ein richtiges Bett, bezogen mit Blümchenbettwäsche. Besonders einladend aber sieht der Schaukelstuhl aus, neben den Regalen, die vor Büchern nur so überquellen. Neugierig trete ich näher und sehe mir die bunten Buchrücken an. Es sind fast alles Kinderbücher. Ich erkenne die Schatzinsel und ein paar Enid-Blyton-Bücher.

Bleistiftskizzen liegen verstreut auf einem alten Holztisch. Aus irgendeinem Grund traue ich mich nicht etwas anzufassen. Auch wenn alles durcheinanderliegt, kommt es mir vor, als sei es kein Zufall, wie die Sachen angeordnet sind.

Obenauf liegt eine halb fertige Skizze des Schlossturms. Der graue Himmel ist perfekt mit wenigen Strichen gezeichnet und es sind unzählige Raben auf dem Bild zu sehen, jeder einzelne in einer anderen Flugposition.

Ich wünschte, ich könnte so zeichnen. Vorsichtig beuge ich mich über die anderen Bilder, eines davon ist ein Porträt von einem Jungen mit hoher Stirn und Stupsnase, der sich wie ein wichtiger Staatsmann in Pose wirft. Er kommt mir bekannt vor.

Aber dann höre ich hinter mir ein Geräusch und mein Atem steht still. Als ich mich umdrehe, sehe ich direkt in Mrs Lydias hochrotes Gesicht. »Was machst du hier?«, fragt sie und ihre Hände zittern so stark, dass ich mir Sorgen um sie mache und meine Angst darüber, dass sie mich entdeckt hat, vergesse.

Mir fällt nichts ein, was ich sagen könnte. Eigentlich bin ich ja nur hier, weil ich Pepper retten wollte. »Der Sturm«, fange ich an. »Ich habe Angst bekommen und wollte sehen, ob Sie schon zurück sind …«

Mrs Lydia hört mir nicht zu. Sie nimmt eine Skizze in die Hand und stützt sich mit der anderen am Tisch ab. Es ist das Bild des Jungen. Nachdem sie es eine Weile angesehen hat, legt sie es auf den Schreibtisch und verdeckt es mit den anderen Papieren.

»Dein Englisch ist anscheinend noch viel schlechter, als

ich angenommen habe«, sagt sie. »Du hast vermutlich nicht verstanden, dass du nicht im Schloss herumstöbern sollst. Deine Eltern haben bei deiner Erziehung offensichtlich einiges versäumt.«

»Es tut mir leid«, sage ich ziemlich kläglich und fühle einen Stich in der Brust, als sie Mama und Papa erwähnt.

»Hast du dich überhaupt schon mal richtig hier umgesehen? Steine bröseln von der Decke, elektrische Leitungen hängen von den Wänden. Die schlimmsten Dinge könnten passieren. Es war eine wirklich dumme Idee, dich hier aufzunehmen. Was habe ich mir dabei nur gedacht? Aber sie hätten mir auch jemanden schicken können, der nicht so neugierig und etwas vernünftiger ist.«

Seltsamerweise trifft es mich, dass ich für Mrs Lydia eine Fehlbesetzung bin. Vielleicht wäre es an der Zeit, ihr mal mitzuteilen, dass sie auch nicht gerade die ideale Gastmutter ist.

Doch dann sehe ich ihre Hände liebevoll über den Holztisch streichen, während ihr Blick über die Regale mit Büchern schweift, bis er schließlich am Schaukelstuhl hängen bleibt.

»Ich war schon lange nicht mehr hier«, murmelt sie und presst ihre dünnen Lippen zusammen. Sie sieht aus, als würde ihr etwas wehtun, und mit einem Mal tut sie mir furchtbar leid.

»Es ist ein schönes Zimmer«, sage ich leise. »Es gefällt mir viel besser als das Turmzimmer.«

»Was für ein Unsinn«, erwidert sie und schiebt mich energisch zur Tür. »Ich habe nie verstanden, warum jemand im Keller wohnen will, wo man doch von oben so einen schönen Ausblick hat. Schau dich doch mal um. Hier kann einem jederzeit ein Stein auf den Kopf fallen. Lebensgefährlich ist es hier unten. Du hältst dich fern von diesem Zimmer. Versprochen?«

Ich nicke und kreuze die Finger hinter meinem Rücken.

Der Sturm hat sich gelegt. Das Schloss ist unheimlich still.

Während ich hinter Mrs Lydia herschlurfe, die mich tatsächlich den ganzen Weg bis zurück ins Turmzimmer eskortiert, muss ich an die letzte Textnachricht von Lyra denken. Sie muss sie geschickt haben, kurz bevor ihre Mutter ihr Telefon konfisziert hatte.

Es tut mir leid, dass du Ärger bekommen hast. Danke, dass du niemals aufgibst, egal wie schwierig es gerade ist.

21

Lucy sieht aus, als hätte der Sturm ihre gute Laune weggefegt. Sie strahlt nicht wie sonst, wenn sie morgens ins Klassenzimmer kommt, sondern raunt nur ein düsteres »Good Morning« in Richtung Fußboden.

»Stimmt was nicht?«, fragt Sander und es sieht so aus, als hätte Lucy nur auf diese Frage gewartet.

»Nichts, aber auch absolut gar nichts stimmt heute«, stöhnt sie, senkt den Kopf und setzt sich auf ihren Stuhl. Sie sieht aus wie ein Schwimmreifen, aus dem man die Luft herausgelassen hat.

»Ich bin etwas ratlos. Es tut mir leid.« Ich lächle sie extra freundlich an, als könnte das irgendwie helfen, aber ihre braunen Augen fixieren Carlo, der in seiner Tasche wühlt. »Ich habe den ganzen Abend erfolglos versucht Jester Bunton zu erreichen und habe dann meine eigenen Nachforschungen angestellt. Eure Eltern haben hier in Seacliff einen zertifizierten Englischkurs für euch gebucht. Ich war überzeugt davon, dass alle Formalitäten erledigt sind.« Sie macht eine kurze Pause und schluckt.

»Leider ist das nicht der Fall,« sagt sie. »Im Moment sieht es so aus, als hätten wir keine Genehmigung für diesen Sprachkurs, schlimmer noch: Was wir hier machen, ist illegal.«

»Müssen wir zurück nach Hause?«, fragt Miguel hektisch. »Meine Eltern arbeiten. Die hätten nicht mal Zeit, mich vom Flughafen abzuholen.«

»Meine Eltern sind gar nicht daheim«, ruft Emma und schüttelt den Kopf so heftig, dass ihre Zöpfe Caras Gesicht streifen. »Sie machen zum ersten Mal seit Jahren Urlaub ohne mich.«

Mir ist inzwischen das Lächeln vergangen. »Aber wie kann denn das sein?«, frage ich leise Carlo, der aussieht, als hätte er ein Gespenst gesehen. Ganz blass starrt er auf die Innenflächen seiner Hände.

»Jetzt mal Ruhe«, sagt Lucy. »Keiner hat gesagt, dass wir euch wieder nach Hause schicken. Ich habe hier Tonnen von Papieren.« Sie zeigt vor sich auf einen Stapel von Aktenordnern und losen Zetteln. »Die werde ich jetzt ausfüllen und der zuständigen Behörde schicken. Zufälligerweise arbeitet meine Cousine dort.« Jetzt lächelt sie sogar ein bisschen. »Wenn wir Glück haben, erlauben sie uns weiterzumachen. Ich nehme an, dass ziemlich bald ein Inspektor hier auftaucht.« Sie steht auf.

Auch dem Letzten in der Klasse wird klar, dass mit Carlo etwas nicht stimmt. Lucy kommt herüber und legt ihre Hand auf Carlos Schulter. Sie spricht jetzt ganz ruhig.

»Wir werden eine Lösung für dich finden, aber dafür brauche ich auch deine Hilfe.«

Vielleicht hat Carlo seine Sprache verloren, aber Lucy reicht anscheinend ein winziges Nicken aus, um sich sicher zu sein, dass er verstanden hat. Sie dreht sich um und geht zurück zu ihrem Schreibtisch.

Mit erstaunlicher Geschwindigkeit kritzelt sie auf ein

Blatt Papier. »Genauer gesagt, ihr müsst mithelfen. Alle. Ohne euch hat Seacliff keine Chance. Hört gut zu.«

Ich höre auf mit dem Kugelschreiber in meiner Hand zu spielen. Neben mir sitzt Sander auf einmal kerzengerade und auch Emma und Cara, die gerade noch getuschelt haben, sind mucksmäuschenstill.

»Zunächst einmal müssen wir Informationen von euren Gasteltern einholen. Dabei könnt ihr mir helfen. Es gibt hier genaue Vorschriften, die erfüllt sein müssen, damit sie Schüler aufnehmen dürfen. Ganz einfache Dinge wie eigenes Zimmer, gesunde Lunchpakete, Freizeitaktivitäten am Wochenende.«

Carlo meldet sich – ich bin glücklich, dass er anscheinend doch noch sprechen kann. »Ich teile ein Zimmer mit Lily und Baby John. Das Haus ist einfach viel zu klein.«

Lucy kneift die Augen zusammen. »Das muss sich ändern, zumindest wenn der Inspektor kommt.«

Sophie ruft: »Ich habe noch nie ein Lunchpaket bekommen, dafür aber vier Pfund, um mir Fish and Chips zu kaufen.« Ich habe den Verdacht, dass Sophie ziemlich glücklich darüber ist, so wie sie immer strahlt, wenn sie mit ihren in Zeitungspapier gewickelten Pommes herumläuft.

»Ich rede mit Claire und Christopher«, sagt Lucy. »Ab morgen bekommst du ein Lunchpaket.«

Sie sieht zu mir und ich versuche es noch mal mit dem optimistischen Lächeln. Dabei wissen wir beide, dass es unmöglich ist, ein halb kaputtes, olles Schloss mit einer durchgedrehten Schlossherrin als passende Unterkunft zu verkaufen. So dumm kann kein Inspektor sein.

»Am wichtigsten ist allerdings«, sagt Lucy und zeigt auf

einen Stapel Bücher auf ihrem Tisch, »was ihr hier lernt, damit wir zeigen können, wie sich euer Englisch verbessert. Wir haben die Tests, die ihr bereits zu Hause ausgefüllt habt, zum Vergleich und wiederholen das am Ende der Stunde. Damit meine ich am Ende jeder Stunde, bis ich sicher bin, dass ihr Fortschritte macht. Strengt euch also an.«

»Meine Eltern haben gesagt, das hier ist alles nur zum Spaß – von richtigem Lernen war nie die Rede«, mault Cara.

»Genau!« ruft Miguel. »Sind doch schließlich Ferien.«

»Ihr müsst begreifen, worum es geht«, sagt Lucy. »Ich gönne euch wirklich eure Ferien und ich kann auch verstehen, dass ihr nicht den ganzen Tag Vokabeln lernen wollt, aber für die Menschen in Seacliff ist das hier ein entscheidender Moment. Viele von uns brauchen nicht nur das Geld. Es geht darum, ob unser Dorf überlebt. Ob es hier wieder neue Jobs geben wird. Wir wollen, dass wieder mehr Familien herziehen und neue Geschäfte aufmachen. Und natürlich die alten Gebäude renoviert werden.«

»Lucy ist nämlich hier aufgewachsen«, sagt Albert wichtigtuerisch und dirigiert mit seinem Bleistift in der Luft. Ich würde jetzt ganz gerne feste an seinen Hosenträgern ziehen und dann wieder loslassen.

»Ich bin nicht die Einzige, die seit ihrer Kindheit hier lebt. Wir haben miterlebt, wie der Ort immer kleiner und einsamer wurde. Aber seit ich euch unterrichte«, Lucy sieht uns alle nacheinander an, »habe ich Hoffnung, dass es auch wieder anders werden könnte. Dass jetzt langsam bessere Zeiten kommen könnten.«

Ich stelle mir Seacliff vor, wie es früher war. Die Häuser mit den bunt angemalten Türen am Strand, die Holzbuden, in denen man im Sommer Essen und Süßigkeiten kaufen konnte. Den Spielplatz, auf dem jetzt nur noch zwei rostige Klettergerüste stehen, mit Schaukeln, einem Sandkasten und jeder Menge Kinder, die herumtollen.

Erst ist es ganz still, aber dann sagt Sander: »Du kannst dich auf uns verlassen, auch wenn das heißt, dass ich das blöde *Past Perfect* lernen muss.«

Alle lachen und reden durcheinander, bis auf Carlo neben mir. Er sieht einfach aus dem Fenster, ängstlich und nervös, als würde er erwarten, dass jeden Augenblick ein Inspektor um die Ecke kommt und ihm sagt, dass er es nie aufs Internat schaffen wird.

22

Die nächsten drei Tage vergehen wie im Flug. Nach dem Unterricht sitze ich meistens mit den Jungs am Strand und wir bemühen uns alle Aufgaben zu erledigen, die Lucy uns gegeben hat. Wenn Sander versucht mich abzulenken, deute ich auf Carlo, der verbissen in seine Bücher starrt und Vokabeln lernt. Sander rollt dann zwar mit den Augen, aber so wie ich auch weiß er, dass viel auf dem Spiel steht.

Im Gegensatz zu mir haben die anderen schon Erfolge aufzuweisen, was ihre Gasteltern angeht. Sophie zieht stolz eine Lunchbox in Fischform aus ihrer Tasche und präsentiert Emma und mir den Inhalt. Käsesandwich, Rosinen, eine kleine Dose mit Nudelsalat und ein grüner Apfel, sorgfältig in Scheiben geschnitten. Carlo erzählt, dass seine Gastmutter ihr eigenes Schlafzimmer geräumt hat und jetzt bei den Kindern schläft, damit es so aussieht, als sei Carlo separat untergebracht. »Eigentlich wollte sie das von Anfang an so machen. Ich finde das wirklich blöd. Schließlich bin ich daran gewöhnt, mein Zimmer zu teilen, und es ist so still, wenn man alleine ist.«

Sander blinzelt mir zu. Er denkt auch, dass es besser ist, Gesellschaft zu haben. Und gestern hat er gesagt, er versteht nicht, warum ich immer noch in dem einsamen Turmzimmer mit den Porträts von vier Fluch-Opfern wohne. Ich habe alles auf Mr Bunton geschoben. Aber in Wahrheit ist da noch ein anderer Grund, warum ich bleiben will. Irgendetwas stimmt nicht auf Schloss Blackhill. Seit ich das Kellerzimmer gesehen habe, lässt mich der Gedanke daran nicht mehr los. Ich will wissen, wer dort unten gewohnt hat.

Lucy hat kleine Ordner für uns angelegt, in denen Arbeitsblätter und Vokabeltabellen abgeheftet sind. Jeder von uns hat eine Liste bekommen, auf der steht, worin wir uns verbessern müssen. Adjektive und Adverbien steht auf meiner und außerdem deutlichere Aussprache. Ansonsten habe ich die kürzeste Liste von allen, was ich hoffentlich bald Mrs Lydia unter die Nase reiben kann.

Sander hat sich kaputtgelacht, als er das mit der Aussprache gelesen hat, aber nur bis ich seine Liste in die Finger bekommen habe. Vermeiden von wörtlichen Übersetzungen, stand da. Leider konnte ich nicht weiterlesen, weil er mir die Liste sofort aus der Hand gerissen hat.

»Und wie sieht es auf dem Schloss aus, Rebecca?«, fragt Lucy und sieht mich halb freundlich, halb besorgt an.

»Äh, ganz gut«, stottere ich und füge hinzu: »Also eigentlich wie immer.«

»Hast du inzwischen mit Lydia über die Inspektion gesprochen?«, fragt Lucy.

Die Sache ist, ich habe in den letzten drei Tagen eigentlich gar nicht mit Mrs Lydia gesprochen. Entweder war sie nicht zu Hause oder sie hatte so miese Laune, dass sie nicht mehr als *Hallo* zu mir gesagt hat.

»Es gab noch keine Gelegenheit«, antworte ich schließlich. »Ich weiß auch gar nicht, wie man einem Inspektor das

Schloss als Unterkunft verkaufen könnte.« Und, denke ich, sage es aber nicht laut, Mrs Lydia als Gastmutter.

»Dann zieh doch um«, ruft Miguel.

»Vielleicht könnte ich eine Trennwand in Alberts Zimmer aufstellen«, sagt Lucy nachdenklich und fährt sich mit dem Finger über die Nase. Als sie in mein entsetztes Gesicht blickt, lächelt sie mir zu.

»Es ist ja auch noch gar nicht gesagt, dass der Inspektor sich alle Unterkünfte ansehen wird«, sagt Lucy und versucht zuversichtlich zu wirken, aber das Kräuseln ihrer Nase sagt etwas anderes.

»Auf jeden Fall«, sie legt ihre Hand energisch auf den Tisch, »müsst ihr Fortschritte mit eurem Englisch machen und deshalb sollten wir schnellstmöglich zur Sache kommen. Carlo, lies uns bitte ein Kapitel aus diesem Buch vor.«

Carlo sieht unglücklich in meine Richtung. Ich habe schon gemerkt, dass laut vorlesen nicht sein Ding ist. Aber dann blättert er interessiert in dem dicken Schinken, den Lucy vor ihm auf dem Tisch platziert hat.

»Ein Buch über die Geschichte von Seacliff«, ruft er.

»Genau«, sagt Lucy. »Hier war es nämlich nicht immer so langweilig wie jetzt.«

Alle lachen, nur Albert fummelt an seiner Brille herum und sieht genervt aus.

»Also, zur Zeit der Rosenkriege gab es hier in der Nähe ein Schlachtfeld. Unsere Grafschaft hatte sich gegen King Edward den Sechsten gestellt. Es war keine berühmte Schlacht, über die ihr viel in anderen Geschichtsbüchern finden werdet, aber für unser Dorf hat sie noch immer Bedeutung. Fang bitte an, Carlo.«

Inzwischen liest Carlo schon viel besser. Er hat die letzten drei Abende damit verbracht, seinen Gastgeschwistern vorzulesen. Angeblich können die gar nicht genug davon bekommen und ich fange an zu verstehen, warum. Carlo liest lustig und mit so viel Ausdruck, dass auch dieser öde Geschichtstext auf einmal interessant wird.

Ritter, Schlachten, Königinnen, die sich gegenseitig umbringen wollen. Ich kann mir alles genau vorstellen und mittendrin Schloss Blackhill in seinen besten Zeiten.

Als Carlo fertig ist, sind wir kurz still, bis erst Lucy anfängt zu klatschen und dann alle anderen.

»Das war großartig, Carlo«, sagt sie. »Wenn du so weitermachst, ist die Zukunft der Sprachschule und deine Aufnahme im Internat gesichert.«

Wenn da nicht die kleine Sache mit dem Inspektor und der Inspektion wäre, denke ich. Und die Sache mit mir, dem verfluchten Schloss und einer Gastmutter, die garantiert bei jeder Überprüfung durchfällt.

23

Carlo hat sich das Geschichtsbuch natürlich gleich ausgeliehen und ist damit verschwunden. Also sind Sander und ich wieder alleine, was ich ziemlich gut finde.

»Willst du an den Strand?«, fragt er.

»Klar«, sage ich schnell. »Aber nur wenn wir unsere Lunchpakete tauschen.« Mit einer übertriebenen Verbeugung hält mir Sander seine Brotdose hin und ich gebe ihm mein in Plastik verpacktes Sandwich.

»Was ist das denn?«, frage ich enttäuscht, als ich die Dose endlich aufbekommen habe.

»Pitabrot, Hummus und Karotten«, antwortet Sander und beißt mit einem Happs die Hälfte von meinem Sandwich ab.

»Hattest du gestern nicht kalte Pizza und Schokoriegel?«, frage ich.

»Tatsächlich?«, fragt er und legt übertrieben den Zeigefinger an sein Kinn. »Davon sagen wir dem Inspektor aber lieber nichts. Genauso wenig wie von der riesigen Packung Eiscreme, die ich gestern Abend zum Nachtisch hatte.«

»Ja, das hast du schon erwähnt«, sage ich. Sander fängt an zu lachen und bietet mir den übrig gebliebenen Teil meines Sandwiches an. Besser als Hummus.

Das Meer liegt heute still und fast friedlich vor uns und

nur kleinste Wellen rollen über die Kieselsteine bis fast zu unseren Füßen. Das Wasser reflektiert die Sonne so stark, dass ich blinzeln muss. Kleine Krebse verschwinden zwischen den Steinen bei jedem Schritt, den wir machen.

»Haben sich deine Eltern gemeldet?«, frage ich.

»Nee«, sagt Sander. »Die wollen auch sicher nichts von mir hören. Wenn ich eine E-Mail schreibe, antworten sie höchstens, ich soll wegbleiben vom Computer. Dabei habe ich, seit wir hier sind, keinen Laptop mehr angefasst.«

»Und vermisst du deinen Laptop?«, frage ich.

»Ich finde es selber ja komisch, aber die Antwort ist Nein. Bei Abby und Matt ist so viel los, da käme ich sicher nicht zum Programmieren. Meistens spielen wir abends Karten oder unterhalten uns über ihre Jobs und Seacliff und so. Die beiden nehmen sich echt Zeit für mich. Das sollten meine Eltern mal sehen. Und tagsüber langweile ich mich nie – dann bist du ja da.« Er stockt kurz. »Und Carlo.«

»Und Albert«, füge ich hinzu. Sander greift nach imaginären Hosenträgern auf seinem T-Shirt und sieht mich streng an. Erst muss ich lachen, aber dann sage ich: »Du hast echt Glück. Abends im Schloss ist es ganz schön langweilig. Irgendwie vermisse ich meine Familie.« Und dann ziemlich leise: »Auch wenn sie genug mit Ben zu tun haben und sicher froh sind, dass ich nicht da bin.«

»Ist Ben dein kleiner Bruder?«, fragt Sander.

»Ja. Die totale Nervensäge. Und er braucht immer die ganze Aufmerksamkeit von allen. Na ja, er hatte einen Unfall. Im Moment machen sich meine Eltern echt Sorgen um ihn.«

»Das tut mir leid«, sagt Sander und dann: »Ich kann mir gar nicht vorstellen, wie das so ist mit Geschwistern, weil ich

Einzelkind bin. Finde ich ziemlich schade. Manchmal wäre ich richtig froh, wenn meine Eltern mal jemand anderen nerven würden.«

»Pass auf, was du dir wünschst!«, rufe ich und schubse Sander leicht an, sodass er mit seinem rechten Schuh voll ins Wasser tritt. »Vielleicht adoptieren sie jemanden, während du im Sprachurlaub bist. Ein nettes kleines Mädchen, das immer brav ist und nicht dauernd vor dem Computer sitzt. Die versteht bestimmt auch mehr von Grammatik als du. Lucy hat es ja nicht gerade leicht, dir was beizubringen.«

»Na warte«, ruft Sander, beugt sich nach unten und schöpft Meerwasser in seine Hand. Mit einer schnellen Bewegung spritzt er alles in meine Richtung. Das Wasser fühlt sich eiskalt auf meinen Armen an. Sander beugt sich schon wieder nach unten und ich renne los, nur um im nächsten Augenblick voll in Carlo zu laufen.

»Ach, hier seid ihr«, sagt er verdutzt, aber da trifft uns schon der nächste Wasserschwall.

Ich kann gerade noch ausweichen, aber Carlo läuft Wasser übers Gesicht und Sander und ich können nicht aufhören zu lachen.

»Was machst du denn schon wieder hier?«, frage ich schließlich, aber Carlo schmollt.

»Sag schon«, ich ziehe an seinem T-Shirt. »Wenn du dich mittags von deinen Büchern losreißt, muss was passiert sein.«

Ohne mich eines Blickes zu würdigen, setzt sich Carlo vorsichtig auf die Kieselsteine und wischt mit der Hand Wassertropfen von seinem schwarzen Rucksack. Zuerst sieht er mich noch ganz vorwurfsvoll an, aber dann entdecke ich ein

Glitzern in seinen Augen, als ob er gerade einen geheimen Schatz gefunden hätte.

»Lucy hat mir das Buch über die Geschichte Seacliffs ausgeliehen«, flüstert er aufgeregt.

»Ach so«, sage ich und setze mich neben ihn. »Und ich dachte, was Spannendes wäre passiert.«

Carlo lässt sich nicht beirren. »Dann wart's mal ab.« Ich sehe zu Sander, der Kieselsteine ins Meer wirft. Es dauert einen Moment, bis er damit aufhört und sich endlich neben mich setzt.

Inzwischen hat Carlo das Buch aus seinem Rucksack gezogen. Ein muffiger Geruch strömt in meine Nase, der sich gegen die frische Meeresluft durchsetzt.

»In diesem Buch steht einiges über die Bewohner und Besucher von Schloss Blackhill in verschiedenen Zeiten. Manchmal mehr, manchmal weniger. Aber gegen Ende des 19. Jahrhunderts hat jemand genau aufgeschrieben, was so im Schloss passierte. Hier, schaut mal.«

Carlo schlägt eine Seite auf und mir kommt so viel Staub auf einmal entgegen, dass ich niesen muss. Sein Finger deutet auf eine Jahreszahl. »*1885, Besuch auf Schloss Blackhill von Lord und Lady Thornton mit ihren Söhnen Rupert und William* und hier unten *Lord und Lady Roseberry mit Tochter Ella.*«

»Ella Roseberry!«, rutscht es mir heraus.

»Das zweite Fluch-Opfer«, raunt Sander mit tiefer Stimme.

»Und jetzt schaut mal«, verkündet Carlo.

Ich lese weiter auf der nächsten Seite. Dort stehen unter der Jahreszahl 1886 wieder dieselben Namen.

»Wann soll Ella noch mal gestorben sein?«, frage ich.

»Gute Frage!«, ruft Carlo und fährt sich mit der Hand

durch seine dunklen Locken. »1887. Und dann hier. 1887 – wieder dieselben Besucher im Schloss. Aber jetzt kommt das Spannende. 1888.«

Sander liest die Namen vor, die hinter der Jahreszahl stehen. *»Lord und Lady Thornton mit Sohn Rupert. Lord und Lady Roseberry.* Keine Ella. Das bedeutet wohl, dass sie wirklich 1887 auf dem Schloss umgekommen ist.« Er schluckt.

»Aber da fehlt doch noch ein Name«, sage ich und versuche Sander nicht anzusehen. Ich fahre mit dem Finger über die vergilbten Seiten. »Was ist denn mit William Thornton passiert?«

Carlos Augen leuchten jetzt. »Genau!«, ruft er. »Da gibt es zwei Familien, die drei Jahre lang gemeinsam ihren Sommer auf dem Schloss verbringen. Im vierten Sommer fehlen dann die Tochter der einen Familie und der Sohn der anderen. Welche Erklärung mag es dafür nur geben?«

Jetzt treffen sich Sanders und meine Blicke. Mir läuft eine leichte Gänsehaut über den Rücken und irgendwie kann ich nur daran denken, dass Sanders Augen gerade die gleiche Farbe haben wie das Meer hinter ihm. Aber dann fängt er an zu grinsen und schlägt Carlo mit der flachen Hand auf den Rücken, sodass Carlo fast vornüberfällt.

»Also«, sagt er und holt weit mit der Hand aus. »Vielleicht gab es im Jahr 1887 zwei Fluch-Opfer und die Geschichtsschreiber haben den Jungen vergessen. Das erscheint mir eher unwahrscheinlich. Für mich hat das ganz klar mit – wie heißt das doch gleich – *Romance* zu tun.« Sander sieht mich an und ich werde rot. *»Love, love, love«*, sagt er. »Die beiden sind zusammen durchgebrannt ... Good job, Carlo!«

24

»Im Buch stand etwas über drei Fluch-Opfer auf Schloss Blackhill«, sage ich nachdenklich, als wir langsam über den Kieselstrand zurücklaufen, »und über zwei der Geschichten haben wir schon etwas herausgefunden.«

»Keine Spur von Amali of Putlide in meinen Geschichtsbüchern. Nur ihr lustiger Onkel taucht manchmal auf. Seine Familie wird nie erwähnt«, sagt Carlo. »Bei unserem zweiten Opfer handelt es sich vielleicht um ein Mädchen, die mit ihrem Boyfriend abgehauen ist. Es könnte allerdings schwer sein herauszufinden, ob 1887 eine Ella Roseberry irgendwo einen William Thornton geheiratet hat.«

»Vielleicht sind sie ja nach Las Vegas geflogen«, lacht Sander. »Meine Eltern haben da geheiratet, ohne vorher jemandem Bescheid zu geben.«

»Unsinn«, sagt Carlo. »Das erste Passagierflugzeug flog im Jahr 1913.«

Ich komme nicht dazu, ihn zu fragen, woher er das weiß, denn plötzlich steht Gary vor uns. Ich habe ihn nicht mehr gesehen, seit er mich vor einer Woche Mrs Lydia auf dem Parkplatz zugeteilt hat.

»Allo«, nuschelt er und redet dann weiter, aber weder Carlo noch Sander noch ich verstehen, was er sagt.

»Entschuldigung«, unterbreche ich ihn schließlich. »Kannst du das vielleicht noch mal langsamer sagen?«

»Du hast ja recht«, sagt Gary einigermaßen deutlich. »Die Leute hier haben sich an meine Aussprache gewöhnt, aber für euch Ausländer muss es schwierig sein. Lucy hat auch schon mit mir geschimpft. Wenn dieser Inspektor hier auftaucht, verdrücke ich mich lieber.«

Carlo kneift die Augen zusammen, als würde er sich total anstrengen Garys Worten zu folgen.

»Verdrücken«, wiederhole ich. »Ungefähr so wie Jester Bunton.«

Gary schüttelt den Kopf und hat danach Mühe, seinen Schnurrbart wieder in Ordnung zu bringen. »Jester hat einfach zu viel um die Ohren. Ist ja auch nicht einfach, Bürgermeister von Seacliff zu sein. Das mit der Sprachreise hat er ja sonst ganz gut hinbekommen. Auch wenn uns das allen ein bisschen leidtut mit dir.«

Er sieht mich mitleidig an und es dauert einen Moment, bis ich verstehe.

»Na ja«, sage ich und versuche fröhlich zu klingen. »An Mrs Lydia muss ich mich wirklich noch gewöhnen, aber wer kann schon sagen, dass er auf einem Schloss Ferien macht.«

»Du musst gut aufpassen«, sagt Gary und wird auf einmal ganz blass.

»Und warum?«, fragt Sander, der näher an Gary herangekommen ist, um ihn besser zu verstehen.

»Ich habe ja früher auch nie an die alten Geschichten geglaubt«, sagt Gary und schüttelt heftig den Kopf. Auf seiner Stirn haben sich kleine Schweißperlen gebildet.

»Als wir noch in der Schule waren, haben wir uns sogar

darüber lustig gemacht. Jester hat immer zu Lucy gesagt, sie hätte Glück und könnte unbesorgt aufs Schloss gehen, denn die Fluch-Opfer waren ja immer dunkelhaarig. Passt wohl besser zu den Raben und so.«

Ich merke, wie ich mir durch die Haare streiche, die Lyra immer kaffeefarben nennt, und verschränke schnell meine Arme.

»Florence fand das nie witzig. Und Mrs Lydia auch nicht. Irgendwann durfte Florence uns nicht mehr aufs Schloss einladen, aber damals wollten wir uns sowieso lieber am Strand treffen.«

»Wer ist Florence?«, frage ich.

Gary starrt auf seine Schuhspitzen und sagt etwas, das beim besten Willen nicht zu verstehen ist. »Wie bitte?«, frage ich nach. Mit zusammengekniffen Augenbrauen sieht er mich an und wiederholt: »Mrs Lydias Tochter.«

Mir bleibt die Luft weg. Mrs Lydia hat nie erwähnt, dass sie ein Kind hat. Sander und Carlo flüstern hinter meinem Rücken.

»Florence wohnt schon einige Zeit nicht mehr hier«, sagt Gary. »Sie ist mit ihrer Familie nach Wales gezogen.« Er kickt mit seiner Fußspitze einen der Kieselsteine hoch ins Wasser.

»Besser für alle«, sagt er dann. »Mrs Lydia ist kompliziert und Florence hat es verdient, ihr eigenes Leben zu leben. Außerdem muss sie dann nicht zusehen, wie Seacliff den Bach runtergeht.«

»Ich würde hier wahrscheinlich auch wegziehen«, sagt Carlo und blickt aufs Meer. »Ich brauche Leute um mich herum und Geschäfte und Lärm.«

»Bist du dir sicher, dass du aufs Internat willst?«, frage ich.

Er sieht nachdenklich aus. »Das ist ja nur für ein paar Jahre. Danach werde ich Professor in Rom.«

»Seacliff war früher ganz anders«, sagt Gary. »Hier war richtig viel los. Vor allem im Sommer. Reihen von Buden, die Fudge und Eiscreme und Donuts verkauft haben. Ein Tretbootverleih und ein kleines Karussell. Am Strand war die Hölle los. In den Ferien war alles voller Besucher, aber auch das ganze Dorf hat sich hier getroffen. Abends sind wir mit unseren Eltern in eines der Restaurants gegangen. Da oben an der Promenade.« Er zeigt in Richtung Straße, wo ein paar verlassene Häuser stehen. An einem davon sind die Fenster eingeschlagen.

»Aber erst hat die Druckerei zugemacht, dann die Möbelfabrik und viele Leute sind weggezogen. Die meisten wollten nicht gehen, aber was soll man machen, wenn man hier keinen Job mehr findet? Ich kann froh sein, dass man auch auf dem Land immer Busfahrer braucht.«

»Ist Mrs Lydias Tochter deswegen weggegangen?« Ich muss dringend noch mehr über diese Florence hören.

»Na ja«, sagt Gary. »Sie hatte immer große Pläne. Das Schloss hat ja eine aufregende Geschichte. Es würde sicher einige Touristen anlocken. Vielleicht hätte man sogar ein Hotel daraus machen können. Florence hatte alles bestens geplant. Sie liebte Schloss Blackhill und Seacliff.«

»Verstehe«, sage ich leise zu mir selbst und dann zu Gary: »Mrs Lydia war sicher nicht begeistert von der Idee, fremde Leute in ihr Zuhause einzuladen. Wahrscheinlich hat sie versucht im Drachenkostüm die Besucher abzuwehren.«

Sander fängt an zu lachen.

»Nein«, sagt Gary leise. »Sie fand die Idee auch ziemlich

gut, glaube ich. Am Anfang jedenfalls. Aber dann.« Gary wird so leise und fängt wieder an zu nuscheln. Es ist unmöglich zu verstehen, was er sagt.

Nur ein Wort, das höre ich ganz genau: Unfall. Gary hat sich umgedreht und ist schon ein paar Schritte von uns entfernt. Ich sehe ihm hinterher.

25

»Florence«, murmele ich, als Gary gefolgt von seinem dünnen, langen Schatten in Richtung der Sonne verschwindet. »Mrs Lydia kann ich mir echt schwer als Mutter vorstellen. Besonders fürsorglich ist sie jedenfalls nicht.«

»Dafür kann sie prima Eintopf kochen«, grinst Sander. Ich finde das ziemlich komisch, aber Carlo bleibt total ernst. Warum schaut er mich nur so wütend an?

»Eintopf ist halt manchmal das Billigste«, sagt er schließlich, »aber davon habt ihr natürlich keine Ahnung.« Jetzt blickt er düster auf Sander.

»Das war doch nicht ernst gemeint«, sage ich. »Warum unternimmt Mrs Lydia denn nicht endlich etwas? Wenn sie nur ein paar Touristen in das Schloss lassen würde oder vielleicht was von dem alten Plunder verkaufen ...«

Carlo fängt laut an zu schimpfen, sodass Pepper sofort Deckung hinter einem großen Felsen sucht.

»Plunder? Das sind wertvolle alte Bücher und Antiquitäten!«

Mir wird ganz heiß. Carlo hat mich falsch verstanden. Mir ist auch klar, dass Mrs Lydia Geldsorgen hat. »Ich habe das nicht so gemeint, Carlo,« sage ich. »Ich versuche nur Vorschläge zu machen, wie Mrs Lydia ihre Probleme lösen kann.«

Carlo schnauft und ich glaube zu hören, wie er sagt: »Manche Leute haben es eben schwerer als andere.«

»Jetzt beruhig dich mal.« Sander schlägt Carlo leicht auf die Schulter. »Am besten, wir gehen zum Schloss und finden mehr über Mrs Lydia und ihre Tochter heraus. Was denkst du?«

Obwohl Carlo nicht antwortet, dreht er sich zumindest um und schlägt die Richtung zum Schloss ein. Wir folgen ihm mit ein paar Metern Abstand.

»Da gibt es übrigens noch was, das ihr unbedingt sehen müsst«, sage ich leise zu Sander. Es ist an der Zeit, mich über Mrs Lydias Anweisungen hinwegzusetzen und meinen Freunden das Zimmer im Keller zu zeigen.

Carlo ist immer noch beleidigt, als wir langsam den Pfad nach oben gehen, und beachtet uns nicht.

Sander findet es ziemlich witzig, mich immer wieder anzuschubsen und mir einzureden, ich sei nicht schwindelfrei, und komischerweise bin ich gar nicht genervt, sondern finde es schön, mit ihm herumzualbern.

Als wir auf dem Parkplatz ankommen, ist von Pumpkin nichts zu sehen. Ich stoße das Eingangstor auf und rufe: »Lasst uns erst Pepper nach oben bringen.«

Schon als ich die letzten Treppenstufen vor dem Absatz betrete, merke ich, dass etwas nicht stimmt. Zunächst ist es nur ein starker Luftzug, der mich stutzig werden lässt. Ja, es zieht hier durch alle Ritzen und Wände, aber jetzt wirbelt es mir fast die Haare aus dem Gesicht.

Die Tür zu meinem Zimmer steht sperrangelweit offen.

Auch das ist komisch, denn ich ziehe sie immer sorgsam zu und sie ist so schwer, dass sie nicht von alleine aufgehen kann.

»Wie seltsam«, murmele ich und gehe etwas langsamer, aber da hat sich schon Sander an mir vorbeigeschoben und stürmt ins Zimmer.

»Rebecca, Vorsicht«, ruft er, doch da stehe ich schon neben ihm und sehe auf die schwarze, federige Masse auf dem Boden. Der Wind pfeift jetzt voll in mein Gesicht. Erschrocken sehe ich zum Fenster – in der Scheibe befindet sich ein tellergroßes Loch.

Neben mir ertönt ein schriller Schrei und Carlo ruft einen Schwall italienischer Worte direkt in mein Ohr, sodass fast mein Trommelfell platzt. Er kann sich gar nicht mehr beruhigen, auch nicht als Pepper begeistert durch den Ball aus Federn, der vor uns auf dem Boden liegt, tobt.

»Das ist kein Vogel«, versucht Sander Carlo zu beruhigen. »Schau mal, einfach nur viele Federn in einem Netz und in der Mitte ein großer Stein. Selbst der Kater hat es inzwischen gecheckt.« Mein Herz klopft wie wild, und ich kann nicht verstehen, dass Pepper es sich jetzt auf meinem Bett gemütlich macht und anfängt zu schnurren.

Carlo sitzt heftig atmend daneben.

Sander sieht aus dem zerbrochenen Fenster. Ich glaube, er ist genauso erschrocken wie Carlo und ich. Aber irgendwie schafft er es ruhig zu klingen. »Da muss aber jemand ziemlich gut werfen können«, sagt er fachmännisch. »Es sind bestimmt dreißig Meter oder so vom Boden bis zum Fenster. Von dort aus die Scheibe kaputtzubekommen ist ein echtes Kunststück.«

»Wie schön, dass du das so toll findest«, sage ich kopfschüttelnd und merke, wie meine Stimme zittert. »Aber könnten wir jetzt mal darüber reden, warum jemand das machen sollte?«

Ich fange an mit zittrigen Händen in dem Federhaufen zu wühlen. »Seht mal«, sage ich und ziehe ein total zusammengeknülltes Stück Papier hervor.

Ich habe einige Mühe den Zettel zu glätten, ohne ihn zu beschädigen, aber schließlich halte ich ein DINA4 Blatt in den Händen. Darauf sind vier schwarz-weiß Kopien der Porträts im Turmzimmer zu sehen.

Sander reißt mir den Zettel aus der Hand und liest laut den Satz vor, der unter den Bildern steht.

»Verschwinde so lange du noch kannst. Sonst trifft dich der Fluch von Schloss Blackhill.«

26

Die Jungs sind so still geworden, dass ich fast meinen Herzschlag hören kann. Carlo ist leichenblass und auch Sander sieht irgendwie grün aus unter seiner sonst braun gebrannten Haut. Auf einmal bin ich gar nicht mehr nervös, es kribbelt eher in meinem Bauch. Irgendwie finde ich es gut, dass die zwei sich Sorgen um mich machen. Vor allem Sander.

»Wir müssen das jemandem zeigen«, sagt er schließlich und sieht auf das Papier in seiner Hand.

»Ja«, stimmt Carlo schnell zu. »Aber erst mal nichts wie weg von hier.«

Er steht schon in der Tür.

»Moment mal«, rufe ich ihn zurück und schiebe mit meinen Füßen die Federn auf dem Boden zusammen. »Wollten wir nicht mehr über den Fluch herausfinden? Davon, dass wir jetzt mit Erwachsenen reden, hat keiner was gesagt.«

»Rebecca, mal im Ernst.« Sander greift nach meinem Ellbogen und das Kribbeln in meinem Bauch wird noch stärker. Er steht ganz dicht vor mir und redet auf mich ein. »Das hier hat doch nichts mit dem Fluch zu tun. Jemand will dir Angst einjagen. Und jetzt bist du wirklich in Gefahr. Du willst doch sicher nicht im Zimmer sein, wenn hier ein Stein durchs Fenster fliegt?«

Carlo drängelt sich zwischen uns. »Sander hat recht«, sagt er und atmet tief aus. »Es ist eine Sache, über einen angeblichen Fluch zu forschen. Eine völlig andere, Drohungen zu ignorieren. Vor allem von jemandem, der aus dreißig Metern Entfernung mit einem Stein dieses Fenster einwerfen kann!«

»Zu wem wollt ihr denn bitte gehen?«, frage ich. »Mrs Lydia wird mir bestimmt sofort die Schuld geben für das Loch im Fenster. Mr Bunton kümmert sich sowieso um nichts und Lucy hat im Moment genügend andere Sorgen. Und überhaupt. Am Ende biegen sie sich die Dinge noch so zurecht, wie es ihnen passt, und schicken mich einfach nach Hause.«

Sander sieht mich nachdenklich an. Er weiß natürlich, von wem ich rede. Vielleicht denkt er auch an seine Eltern, als er langsam nickt.

»Außerdem – genau wie bei diesem Fluch scheint auch hier etwas faul zu sein.«

Ich laufe vorsichtig über den Boden, aus Angst, in Scherben zu treten, aber unter meinen Füßen knirscht nur der Holzboden. Am Fenster angekommen, inspiziere ich das Loch im Glas.

»Jetzt mal echt«, sage ich schließlich. »Es sieht doch nicht so aus, als hätte der Stein das Fenster kaputt gemacht.«

Sander beugt sich über meine Schulter und betrachtet die klare Schnittstelle im Fenster.

»Nee«, stimmt er mir zu. »Eher als ob jemand es hineingeschnitten hat ...«

Auch Carlo ist am Fenster angekommen. Er inspiziert den Boden. »Keine Scherben hier unten.«

Am Fenster fliegt krächzend ein Rabe vorbei und landet genau auf dem kleinen Vorsprung unter uns. Dort bleibt er sitzen und starrt mich unverfroren an.

»Was will der nur von uns?«, fragt Sander.

»Dasselbe wie Pepper vermutlich«, sage ich und werfe einen Brocken Futter nach unten. Der Rabe fängt es mit seinem Schnabel, krächzt zweimal laut und fliegt davon.

»Hast du echt nichts Besseres vor, als dauernd Tiere zu füttern?«, fragt Carlo. »Wir sollten uns lieber darüber Gedanken machen, wie das Loch ins Fenster gekommen ist und wer Rebecca diese Warnung geschickt hat.«

»Es sieht so aus, als hätte jemand die Scheibe von innen kaputt gemacht und dann den Zettel mit den Federn hier platziert.«

Carlo legt den Zeigefinger auf seine Lippen. »Das heißt, die Person, die will, dass du hier verschwindest, kann in dein Zimmer kommen.«

Wir sehen uns an, und ohne es auszusprechen, ist mir klar, wer dafür infrage kommt.

»Aber wenn Mrs Lydia mich loswerden will, könnte sie das doch einfach sagen und aus dem Programm aussteigen«, versuche ich zu widersprechen.

»Das schon. Aber wenn du von selber gehst, kann sie vielleicht das Geld behalten und alles auf dich schieben. Könnte natürlich auch sein, dass sie dich einschüchtern will, damit du nicht weiter im Schloss herumspionierst«, spekuliert Sander.

Ich atme tief ein und aus, als könnte der Geruch nach Seetang und alten Mauern mir helfen klarer zu denken. »Ich glaube nicht, dass Mrs Lydia ihre eigenen Scheiben einschlagen würde, nur um mich von hier zu vertreiben. Aber irgendjemand will, dass ich Schloss Blackhill verlasse«, sage ich und überlege kurz. »Mal angenommen, es ist nicht Mrs Lydia.«

»Aber das ist auch nicht ausgeschlossen«, unterbricht Sander.

Wir schweigen eine Weile und sehen auf die Porträts der Mädchen an der Wand.

»Es muss jemand sein, der an den Fluch glaubt«, sagt Carlo schließlich. »Oder jemand, der ein Interesse daran hat, dass andere an den Fluch glauben.«

»Weil er tatsächlich Angst davor hat, mir könnte hier etwas passieren?«, frage ich und meine Stimme klingt etwas heiser.

Sander presst die Lippen aufeinander. »Vielleicht. Gary und Lucy finden es zum Beispiel auch nicht gut, dass du hier bist. Auf jeden Fall will der Täter, dass du möglichst schnell vom Schloss verschwindest.«

Ich räuspere mich und sage mit ziemlich klarer Stimme. »Und den Gefallen werde ich ihm sicher nicht tun!«

27

Von der Wand starren mich die Gesichter der vier Mädchen an. Amali hat den sanftesten Blick, so schüchtern, man könnte fast glauben, sie wolle sich am liebsten in ihrem Rahmen verstecken. Sie sieht irgendwie nicht den Betrachter des Bilds an, sondern wirkt so, als sähe sie zur Seite.

»Konntest du wirklich gar nichts über Amali herausfinden?«, frage ich Carlo.

»Rein gar nichts. Ihr Onkel hat übrigens nie geheiratet. Vielleicht hat sie ja dann den Landsitz der Holdrights in Devon geerbt. Seine Eltern waren extrem reich und er war ihr einziges Kind.«

»Aber das heißt doch«, unterbreche ich Carlo, der weiter von irgendwelchen Stammbäumen und Ländereien erzählen will, »er hatte keine Geschwister.«

»Genau«, sagt Carlo. Ich drehe mich zu ihm um und er sieht mich verständnislos an.

»Natürlich!«, ruft Sander. »Das hätte dir schon vorher auffallen können. Keine Geschwister heißt, dass er auch keine Nichte haben konnte.«

Carlo fasst sich mit der Hand an den Kopf. »Wie konnte ich nur so dämlich sein.«

»Warum hat er sich nur einen so seltsamen Namen ausgedacht?«, frage ich mich und versuche eine Antwort auf dem Porträt zu finden.

Hinter mir kritzelt Carlo den Namen AMALI PUTLIDE auf einen Zettel. »Irgendwo stand auch«, sagt er, »dass der Baron Wortspiele mochte. Anagramme und so. Warum habe ich das nicht schon früher ausprobiert?« Blitzschnell sortiert er die Buchstaben in einer anderen Reihenfolge, zehn- oder zwölfmal, bevor er ruft: »Schaut euch das an.« Ich sehe auf den Zettel. Dort steht in Carlos krakeliger Schrift I MADE IT ALL UP – ich habe mir alles ausgedacht. Grinsend sagt Carlos: »Alles klar! Das Mädchen hat nie existiert.«

»Ist ja verrückt!«, rufe ich. »Aber wieso sollte sich jemand so eine Geschichte ausdenken?«

Sander starrt immer noch auf den Zettel. »Ist doch klar«, sagt er. »Den Leuten damals muss total langweilig gewesen sein – keine Smartphones, keine Playstation, kein Internet, noch nicht mal Fernsehen. Da sind sie eben auf alles Mögliche gekommen. Vielleicht ist ja wirklich irgendwann mal was Gruseliges in dem Ostturm passiert. Ich weiß nicht, ob das als Beweis ausreicht, dass Amali kein Fluch-Opfer war.«

»Worauf schaut sie nur?«, murmele ich. Der Hintergrund des Bilds ist tiefschwarz, aber rechts, genau dort, wohin Amali blickt, erscheint er etwas heller.

Sander hat es auch gesehen. »Ist ja irre«, sagt er. »Eine optische Täuschung.«

Ich drehe meinen Kopf erst nach rechts, dann nach links, so wie Sander es tut, und fixiere die helle Stelle neben Amalis Haaren. Jetzt kann ich auch die Buchstaben sehen. *I made it all up, Baron Holdright.*

»Das ist der Beweis«, flüstere ich.

Ich bin so aufgeregt, dass mich die schwarzen Federn auf dem Boden und der Drohbrief nicht mehr interessieren. Wenn wir das Geheimnis von Amalis Porträt gelöst haben, vielleicht müssen wir die anderen Bilder einfach nur genauer ansehen.

Ella hat ihr Kinn leicht nach vorne geschoben, aus ihrem scharzen Hut entkommen Strähnen von dunklem Haar. Ihr Mund sieht so entschlossen aus, als würde sie jedem ihre Meinung sagen. Sie erinnert mich total an Lyra und ich merke, wie sich ein Knoten in meinem Magen bildet.

Und dann ist da das dritte Porträt. »Ich mag dieses Bild wirklich gerne«, sage ich mehr zu mir selbst als zu Sander und Carlo, die immer noch Amalis Bild anstarren. »Ich weiß auch, dass es Blödsinn ist, aber ich glaube, dieses Mädchen war irgendwie mutig und ganz schön selbstbewusst.«

Sander stellt sich neben mich. »Totaler Blödsinn«, sagt er. »Man kann einem Menschen doch nicht ansehen, wie sein Charakter ist.«

»Natürlich kann man von einem Gemälde auf den Charakter des Menschen schließen«, protestiert Carlo. »Darum ging es bei alten Bildern ja gerade. Der König wollte gerne als großzügiger und kluger Herrscher dargestellt werden, also gab ihm der Maler ein kräftiges Kinn und buschige Augenbrauen, auch wenn er in Wirklichkeit so langweilig wie ein gerupftes Huhn aussah.« Ich muss lachen, weil Carlo wild mit den Armen fuchtelt. Er dreht sich beleidigt zu Sander. »Und was Gesichtsausdrücke angeht, ich kann eine ganze Menge in deinem Gesicht erkennen, wenn du Rebecca anschaust, nur um das mal klarzustellen.« Dann stellt er sich ganz dicht vor die Wand, um das Porträt genauer zu inspizieren. Ich fange an zu glühen und bin bestimmt total rot im Gesicht.

»Seltsam«, murmelt Carlo. Ich versuche die krakelige Schrift unten auf dem Bild zu entziffern. »Jane Blackhill«, lese ich vor, »genau wie in dem Buch, das wir gefunden haben.«

»Heißt das, sie war mit den Schlossherren verwandt?«, fragt Sander.

Carlo schnaubt und es klingt etwas genervt. »Was denn sonst! Sie war eine Blackhill, aber sie hatte zwei ältere Brüder. Einer ist im Ersten Weltkrieg gefallen, der andere, Arthur, wurde Schlossherr. Das war übrigens der Vater von Mrs Lydia.«

»Wow«, sage ich. »Woher weißt du das alles?« Ich wünschte, ich könnte mir auch so viele Sachen merken.

»Steht alles in dem Buch, das Lucy mir gegeben hat. Und auch, dass im Jahr 1917 Jane Blackhill einen Unfall hatte und starb. Leider ohne Erklärung, was genau passiert ist.« Er zeigt auf die Schrift auf dem Bild. »Aber jetzt sieh mal hier. Kannst du das erkennen?«

Ich kneife die Augen zusammen. »Eine Jahreszahl«, sage ich. »1918.«

»Also hat der Maler das Bild nach dem Tod von Jane Blackhill gemalt«, sagt Sander.

»Richtig«, bestätigt Carlo. »Also, was wollte der Maler mit dem Bild ausdrücken? Ich finde auch, dass Jane auf diesem Bild mutig aussieht und gleichzeitig mitfühlend. So riesige glänzende Augen hat in Wirklichkeit kein Mensch. Hätte der Maler wirklich geglaubt, Jane wäre einem Fluch zum Opfer gefallen, hätte er ein anderes Bild gemalt. Düstere Farben und Schatten unter ihren Augen wahrscheinlich. Ein bisschen wie bei Amali. Der Maler will uns etwas sagen. Wir müssen nur herausfinden, was.«

28

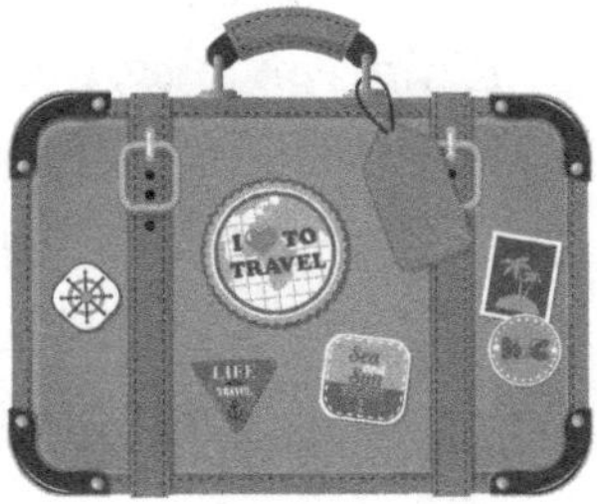

»In drei Tagen ist es so weit.« Lucys Stimme klingt gut gelaunt. Ich habe Mühe zuzuhören, so müde bin ich. Gesagt habe ich es niemandem, aber irgendwie wache ich nachts dauernd auf und kann nicht wieder einschlafen.

»Die Inspektion findet am Donnerstag statt. Falls alles gut geht, können wir euch dann am Freitag eure Zertifikate ausstellen. Und nachdem Jester immer noch nicht wieder aufgetaucht ist, hat Gary versprochen in der Zwischenzeit die Website zu übernehmen, sodass wir viel Werbung machen und hoffentlich bald mehr Schüler hier begrüßen können.«

Auf ihrer Stirn bildet sich eine steile Falte. »Leider sind eure Ergebnisse vom Test am Freitag noch nicht alle überzeugend. Emma, könntest du dir jetzt bitte noch mal anschauen, wie man Sätze mit *if* bildet. Vielleicht kann dir Rebecca ja dabei helfen? Wobei, mach das erst, Rebecca, wenn du dich noch mal ausführlich mit unseren Kommaregeln befasst hast. Die sind nämlich anders als im Deutschen.«

Ich rutsche unruhig auf meinem Sitz hin und her. Das ganze Wochenende habe ich nichts für den Unterricht getan. Die meiste Zeit war ich mit Sander und Carlo in der Bibliothek von Schloss Blackhill, allerdings war Carlo der Einzige, der gelesen hat. Sander und ich haben uns unterhalten und mit Pepper gespielt. Deshalb bekommt Sander auch einen Rüffel von Lucy, weil seine Grammatik sogar noch schlechter geworden ist.

Carlo und Sander haben immer wieder versucht mich zu überreden, mit jemandem über den Drohbrief zu sprechen. Dabei hatten wir abgemacht, dass wir die Sache für uns behalten.

Mrs Lydia hat noch kein Wort über das kaputte Fenster verloren. Carlo meint, dass ich gleich durch das eingeschlagene Loch verschwinden könnte, falls mich der Fluch treffen sollte, was doch auch ganz praktisch wäre. Nichts, was mir nachts beim Einschlafen hilft.

Irgendwie hoffe ich, dass sich alles ganz undramatisch erklären lässt: Erst hat sich der lustige Baron von Holdright die Geschichte ausgedacht und tatsächlich selber ein Porträt von seinem angeblichen Fluch-Opfer gemalt. Danach wurde die Geschichte weitererzählt, bis schließlich ein Gemälde von Mädchen, die aus dem Turmfenster fallen, in einem der Pubs in Seacliff hing. Den Pub gibt es aber inzwischen nicht mehr, nur noch ein verrostetes Schild mit einem Hahn darauf, das über einer mit einem Holzbrett vernagelten Tür hängt.

Über Jane und ihre Familie hat Carlo inzwischen ganz schön viel herausgefunden. Da gibt es nämlich jede Menge Briefe von ihrem ältesten Bruder, der im Krieg in Frankreich gekämpft hat. Carlo hat uns ein paar davon vorgelesen. In den meisten schreibt der Bruder, wie sehr ihm seine Schwester fehlt, die kleine Jane, aber dann redet er immer von seiner bevorstehenden Hochzeit mit Katherine, seiner Verlobten. Mir wird ganz komisch dabei, wenn ich daran denke, dass er nicht aus dem Krieg zurückgekommen ist und die Hochzeit niemals stattgefunden hat.

Sander hat gesagt, er stellt es sich schrecklich vor, wenn man seine Freundin nicht sehen kann, weil man in einem anderen Land ist. Ich musste daran denken, dass ich in einer Woche wieder zu Hause bin und Sander dann in Holland ist.

Auf einmal meinte Carlo dann, er und Lucretia hätten viel darüber geredet. Im Moment würde er ihr jeden Tag eine Postkarte schreiben und sie ihm auch. Wenn er dann im Internat sei, gäbe es ja hoffentlich Internet und sie könnten chatten.

Sander und ich waren total erstaunt, dass Carlo eine Freundin hat, aber wir haben uns nichts anmerken lassen. Nur später hat Sander in mein Ohr geflüstert: »Hoffentlich ist Lucretia genauso ein Bücherwurm, sonst hat sie mit Carlo keinen Spaß!«

Nach Lucys Ansprache geben wir uns alle richtig viel Mühe. Miguel arbeitet zum ersten Mal ernsthaft daran, sein rollendes R zu unterdrücken, und Emma, Sophie und Cara flüstern sogar auf Englisch. Etwas später kommt Gary rein. Lucy will, dass er mit uns redet, gerade weil seine Aussprache etwas undeutlich ist und wir uns deshalb mehr anstrengen müssen.

Es macht ziemlich viel Spaß, sich mit ihm zu unterhalten. Erst redet er mit Sander über die Website des Sprachkurses und was man daran verbessern könnte. Sander hat tolle Ideen. Er kennt sich wirklich aus und meinte, er könnte auch ein paar Spiele programmieren für die Website. Gary klingt auf einmal nicht mehr so schüchtern, wenn er über seine Pläne berichtet, mehr Touristen nach Seacliff zu bringen.

Etwas später kommt dann auch noch Amy, Sanders Gastmutter. Sie hat rötliche Haare, ein rundes Gesicht und ihre Augen funkeln, wenn sie spricht. Ihr Babybauch ist schon ziemlich rund und sie legt oft ihre Hand darauf. Sie redet so schnell, dass Lucy sie immer wieder bremsen muss. Als Amy mich sieht, strahlt sie mich an und sagt: »Was für ein zauberhaftes Lächeln, kein Wunder, dass Sander so viel von dir erzählt.«

Alle lachen und ich traue mich nicht Sander anzuschauen.

Amy ist Biologin. Sie fährt jeden Morgen über eine Stunde mit dem Zug bis nach Guildford, wo sie in einer Firma arbeitet, die Recycling-Anlagen herstellt. Sie erzählt uns, dass ihr großer Traum ist, in Seacliff zu arbeiten. Sie würde gerne mit Leuten, die hier Urlaub machen, nach Fossilien, von denen es in der Gegend angeblich reichlich gibt, im Meer suchen.

Albert streckt seinen Arm sofort kerzengerade nach oben. »Könnten Sie das bitte mit uns machen?«, ruft er. »Zu Hause habe ich eine stattliche Sammlung von Ammoniten.«

Sogar Lucy ist beeindruckt.

Amy verspricht mit Albert auf Fossiliensuche zu gehen, aber ich finde es wesentlich interessanter, dass ihr Mann in Seacliff eine Trampolinhalle bauen möchte. Ich nehme an, die meisten zukünftigen Sprachschüler fänden das auch besser, als Fossilien zu suchen.

Am Nachmittag beendet Lucy den Unterricht mit einem zufriedenen Lächeln.

»Danke, dass ihr so gut mitgearbeitet habt. Ich bin wirklich sehr stolz auf euch.«

Ich fand, es war die beste Schulstunde, die ich je hatte. Es ging um viel mehr als nur Grammatik und Vokabeln. Und zwar darum, wie großartig es hier in Seacliff sein könnte und dass wir alle dabei mithelfen können.

Aber fehlende Touristen sind nicht das einzige Problem in Seacliff, fährt es mir durch den Kopf. Ich muss an Mrs Lydia, Schloss Blackhill und mein eingeschlagenes Turmzimmerfenster denken. Irgendetwas stimmt hier nicht und ich bin mir sicher, es hat mit dem Fluch zu tun …

29

Jemand klopft – nein donnert – gegen das Schlosstor. Zumindest hört es sich so an. Ich reibe mir die Augen. Gerade habe ich noch von Raben geträumt, die krächzend vom Ostturm in Richtung Meer stürzen. Draußen ist es schon hell.

Mrs Lydia hat gestern Abend angekündigt, sie hätte einen weiteren Banktermin, diesmal in London. Deshalb würde sie früh aufstehen und erst spät am Abend zurückkehren. Also bin ich selber verantwortlich für meine Verpflegung und kann mich einfach am Kühlschrank bedienen.

Ich wundere mich, was sie wohl dort macht.

Aber dann höre ich Stimmen. Nach Carlos Bemerkung habe ich keine Lust mehr, dem Fenster zu nahe zu kommen. Stattdessen ziehe ich schnell Jeans und T-Shirt an und laufe barfuß die Treppen nach unten. Ich höre, wie das Klopfen am Eingangstor immer lauter wird.

»Lydia, Sie wissen genau, dass Sie mich hereinlassen müssen. Ich habe hier die Dokumente der Bank. Sollten Sie nicht öffnen, werde ich mit der Polizei zurückkommen.« Die Stimme kommt mir bekannt vor.

Wie seltsam. Zum ersten Mal ist das Tor mit einem dicken Eisenriegel verschlossen. Kaum habe ich ihn zurückgeschoben und die Tür geöffnet, blicke ich in Jester Buntons verschwitztes Gesicht. Er trägt einen dunklen Anzug, darunter ein weißes Hemd und seine Haare sind in der Mitte gescheitelt, was ihn irgendwie älter aussehen lässt.

Er lächelt mich erleichtert und etwas überrascht an, dann holt er tief Luft und dreht sich zu der Frau um, die hinter ihm steht. »Das hier ist unser erster Schlossgast. Rebecca aus Hamburg.«

»Hallo«, sage ich und versuche zu erkennen, wer hinter Jester Bunton steht. Die Frau hat einen schwarzen Pagenkopf und trägt ein dunkles Kostüm. »Wo ist denn die Schlossherrin?«, fragt sie mit tiefer Stimme.

»Unterwegs«, sage ich vorsichtig. Ich bin mir sicher, Mrs Lydia würde es nicht gefallen, wenn ich Fremden von ihren Plänen erzähle.

»Meine Güte«, seufzt Jester Bunton. »Ich kann nicht glauben, dass sie dich alleine lässt. Rebecca, Sylvia hier hat großes Interesse an Schloss Blackhill. Sie ist eine Investorin, die vielleicht helfen kann das Schloss zu restaurieren. Du weißt ja selber, wie es um das Gebäude steht.«

Ich nicke.

»Aus diesem Grund«, sagt Mr Bunton, »müssten wir das Schloss besichtigen. Mrs Lydia hätte sicher nichts dagegen. Wenn du willst, kannst du uns herumführen. Inzwischen kennst du dich ja bestens aus.« Er lächelt mich an, als hätte ich schon Ja gesagt.

»Das kann ich ohne Mrs Lydias Erlaubnis nicht machen«, sage ich und versuche langsam die Tür wieder etwas zuzuschieben. »Und sie hat mir verboten jemanden reinzulassen. Vielleicht sollten Sie sie einfach anrufen?«

Die Frau nickt. »Gute Idee. Jester, setzen Sie sich mit der

Dame in Verbindung. Es ist ja wirklich nicht in Ordnung, dass wir die junge Lady hier belästigen.«

Ich lächle ihr zu. Erstens weil ich froh bin, dass sie mich versteht, und zweitens weil ich es cool finde, *young lady* genannt zu werden.

»Nichts, was ich lieber täte, Sylvia«, sagt Jester nervös, »aber ich hatte ja schon angemerkt, dass es hier Probleme mit dem Handyempfang gibt und seit zwei Wochen kein Internet.«

»Vielleicht sollten Sie es einfach mal probieren?«, sage ich. »Kann ja sein, dass es jetzt funktioniert.«

Jester winkt ab. »Weißt du was? Wir gehen erst mal einen Kaffee trinken und versuchen es etwas später wieder. Irgendwann wird Mrs Lydia schon wieder auftauchen. Du hast recht, sie sollte bei der Besichtigung natürlich dabei sein. Wie geht es dir denn? Ich hoffe, du fürchtest dich nicht zu sehr auf dem alten Schloss.«

»Nee«, sage ich, »und im Moment hätte ich dazu auch gar keine Zeit. Lucy hält uns schrecklich auf Trab, weil ja am Donnerstag der Inspektor kommt, und wenn das schiefgeht, hat Seacliff wohl bald keine Sprachschule mehr.«

Sylvia zieht eine ihrer Augenbrauen zu einem perfekten Bogen nach oben.

»Das ist richtig«, sagt Mr Bunton. »Ich wünschte, ich könnte euch helfen, aber als Bürgermeister habe ich einfach zu viel zu tun.« Eine Fliege umkreist seinen Kopf und er schlägt mit der Hand nach ihr.

Sylvia nickt zustimmend. »Eine verantwortungsvolle Aufgabe, Jester«, sagt sie. »Und du«, sie schaut mich an, »hast dir einen großartigen Ort für einen Urlaub ausgesucht.« Sie streckt ihren Arm aus, als würde sie mir die Landschaft präsentieren. »Diese Aussicht auf Hügel und Meer. Und man darf natürlich nicht die traditionsreiche Geschichte des Dorfs und des Schlosses vergessen. Was soll ich sagen, Gespenster und Flüche ziehen die Menschen magisch an.«

»Ja, der Fluch von Schloss Blackhill.« Jester Bunton erinnert mich an Papa, wenn es schlecht um einen seiner Patienten steht. »Sieht Rebecca nicht aus wie eines unserer berühmten Fluch-Opfer – dunkle Locken und riesige Augen?« Er zieht die Mundwinkel nach oben und sagt schnell: »Zum Glück fürchtest du dich ja nicht vor Schauergeschichten.»

»Genau«, sage ich etwas zu laut. »Totaler Aberglauben.«

Sylvia sieht mich an. Sie hat aufgehört zu lächeln.

30

Mir gehen so viele Dinge durch den Kopf, als ich langsam die Treppen nach oben steige. Hätte ich Mr Bunton lieber ins Schloss lassen sollen? Für einen Augenblick denke ich, es wäre auch besser gewesen, ihm von dem Loch im Fenster und dem Stein zu erzählen.

Ob Mrs Lydia wirklich so viele Schulden hat und das Schloss eigentlich der Bank gehört? Sie scheint nichts anderes zu machen, als von einer Bank zur nächsten zu fahren. Ich werde das Gefühl nicht los, dass sie ziemlich viele Geheimnisse hat und die auch für sich behalten möchte.

Sander hat erzählt, Abby und Matt wollen sich dauernd mit ihm unterhalten, und wenn er nicht das Wochenende mit uns verbringen würde, hätten sie einen Ausflug mit ihm gemacht. Lisa war tatsächlich mit ihren Gasteltern am Sonntag in London. Aber sie hat nur gemault über die lange Autofahrt. Deshalb hatte sie anscheinend gar keine Zeit zum Shoppen. Torben und Jens, die dänischen Brüder, waren bei einem Fußballspiel in Guildford und Albert, der Glückliche, hatte Lucy das ganze Wochenende für sich allein. Aber selbst wenn ich die Wahl hätte zwischen London, Fußball und Trampolinhalle, würde ich nicht tauschen wollen und am liebsten jeden Tag Sander sehen.

Als ich in mein Zimmer komme, ist mir etwas flau im Magen. Ich lasse mich aufs Bett fallen und ziehe die Decke über mich. Irgendetwas fehlt.

Pepper! Ich strecke meinen Kopf aus dem Zimmer und rufe nach ihm, aber das Geräusch seiner Tatzen auf dem Steinboden ist nirgends zu hören. Ich sehe unter meinem Bett nach – keine Spur von ihm. Vielleicht ist er einfach auf Erkundungstour gegangen. Ich habe keine Zeit mehr, ihn zu suchen, denn in einer halben Stunde geht der Unterricht los und Lucy hasst es, wenn man zu spät ist. Miguel bekommt deshalb jeden Tag Ärger und Extrahausaufgaben und am Donnerstag war sie wütend auf Sander und mich. Er hatte mir noch Fotos von seiner Familie an der Nordsee gezeigt und irgendwie haben wir es verpasst, pünktlich ins Klassenzimmer zu kommen.

Ich ziehe das schwarze Top mit den bunten Glitzersteinen an, von dem Mama sagt, es lässt meine Augen so strahlen. Schnell bürste ich meine Haare und mache mir einen Pferdeschwanz. Ich schnappe mir meine Tasche und bin fast schon aus dem Zimmer. Da höre ich es. Ein erbärmliches Miauen. Pepper.

Was hat er nur diesmal angestellt, fährt es mir durch den Kopf. Ich sehe hinter dem Schrank nach und noch mal unter dem Bett, aber ich kann ihn nicht finden.

»Pepper«, rufe ich. »Komm raus. Ich muss echt los.« Peppers Miauen klingt jetzt leiser, irgendwie weiter entfernt. Als ich endlich begreife, aus welcher Richtung es kommt, stockt mir der Atem. Das Fenster!

»Ruhig, ganz ruhig«, flüstere ich mir zu. »Es kann gar nichts passieren.«

Mit zitternden Händen nehme ich das Tuch ab, das vor dem zerbrochenen Glas flattert, und klettere auf die Fensterbank. Peppers Miauen ist jetzt ganz nah. Der Wind weht durch das große Loch. Salzig und nass spüre ich die kalte Luft an meinem Gesicht, als würde das Meer tief unten seine Finger nach mir ausstrecken.

Vorsichtig stecke ich meinen Kopf durch das Loch nach draußen. Irgendwie erscheint mir das im Moment sicherer, als das ganze Fenster zu öffnen. Es ist das erste Mal, dass ich in alle Richtungen blicken kann, und wäre da nicht die Sorge um Pepper, fände ich es sicher wunderschön.

Am Himmel ziehen Wolken in unterschiedlichen Grautönen schnell vorbei, zwischendurch entstehen blaue Löcher, durch die Sonnenstrahlen aufs Meer fallen und helle Muster darauf zeichnen. Zu meiner Überraschung gibt es einen ziemlich großen Vorsprung direkt unter dem Fenster. Vielleicht war hier tatsächlich einmal ein Balkon. Man könnte hier bequem stehen. Vorausgesetzt man ist schwindelfrei. Denn darunter ist nur der Abgrund!

»Was ist das denn?«, murmele ich, als ich mir den Boden des Vorsprungs näher ansehe. Er ist grau und verstaubt, voll mit Dreck von den Raben, die es sich hier wahrscheinlich gemütlich machen, aber sie sind vermutlich nicht die Einzigen. Im Staub sind ganz deutlich Fußabdrücke zu erkennen.

Ich überlege, wer hier draußen freiwillig herumturnen würde, da stößt Pepper wieder ein herzzerreißendes Miau aus.

Ich schaue nach rechts auf das, was wohl einmal der Balkon vom Zimmer nebenan gewesen sein muss, bevor er allmählich abbröckelte. Pepper sitzt auf dem kleinen Vorsprung, neben ihm ein paar verbogene Metallteile.

»Du Ausreißer«, schimpfe ich. »Immer musst du dich in Schwierigkeiten bringen.«

Pepper bringt es tatsächlich fertig zu schnurren. Ob er wohl denkt, dass ich jetzt nach draußen klettere, um ihn zu retten?

»Ich schlage vor, du nimmst den gleichen Weg zurück, auf dem du hergekommen bist!«

Pepper miaut und schlägt mit der Pfote auf die Metallstange ein. Erst jetzt sehe ich, dass daraus Drähte hervorquellen. Wie seltsam.

»Hör auf damit«, sage ich. »Die Tür zum anderen Turmzimmer ist verriegelt. Du musst versuchen zu mir zu kommen.«

Das ist jedenfalls nicht unmöglich. Für eine Katze zumindest. Ein schmaler Vorsprung führt direkt von Peppers Position zu meinem Fenster, das ich nun doch öffne. Der Wind pfeift jetzt noch heftiger um meine Ohren.

Ich sehe Pepper so zuversichtlich wie möglich an und es funktioniert. Vorsichtig, eine Tatze nach der anderen, balanciert er an der Wand entlang in meine Richtung. Ich lehne mich weit nach vorne und strecke die Hand nach ihm aus.

Plötzlich ertönt ein düsteres Gekrächze. Ich sehe, wie der Himmel sich kurz verdunkelt – ein schwarzer Schatten. Wie aus dem Nichts stürzt ein grauer Rabe auf den Platz, auf dem Pepper eben noch saß. Mein Herz rast und meine Beine werden ganz schwach, aber ich strecke weiter meinen Arm aus.

Zum Glück ist Pepper an meiner Hand angekommen und ich kann ihn gegen die Wand drücken. Dann lasse ich ihn los und er springt mit einem riesigen Satz in mein Zimmer.

Bevor ich das Fenster zumache, werfe ich noch einen Blick auf den Raben. Er sitzt neben den Metallteilen und pickt etwas vom Boden auf. Dann hebt er den Kopf und starrt mich ausdrucklos mit einem Auge an.

Ich schließe das Fenster, so schnell ich kann.

31

»Was ist denn mit dir los?«, flüstert Carlo, als ich auf den Platz neben ihm schleiche. Lucy würdigt mich keines Blickes, sondern erklärt weiter den Unterschied zwischen *if* und *whether.* Eine der Sachen, die ich wahrscheinlich nie begreifen werde.

Meine rechte Hand brennt von den blutigen Kratzspuren, die sowohl von der Außenmauer des Schlosses als auch von Peppers Krallen kommen.

»Ich bin den ganzen Weg hierher gerannt«, keuche ich und sehe, dass Sander heute in der ersten Reihe neben Lisa sitzt.

Lucy lässt uns kaum Zeit nachzudenken, aber ich bin froh, dass ich mich auf etwas anderes konzentrieren und die Sache mit dem Fenster vergessen kann. Die Pause am Morgen fällt aus, und selbst während ich nach meiner Wasserflasche greife, lässt Lucy mich unregelmäßige Verben konjugieren.

Es dauert also bis mittags, dass ich mit den Jungs reden kann. Zuerst erzähle ich von Jester Bunton und seiner Investorin. »Das treibt er also die ganze Zeit«, murmelt Sander.

»Leider ist das nicht das Schlimmste, was heute Morgen passiert ist.« Ich halte den beiden meine abgeschürfte Hand entgegen. Carlo krümmt sich, als hätte ich ihm eine verfaulte Banane direkt unter die Nase gehalten, und Sander wird ganz blass. Er fasst mich am Arm und zieht mich etwas näher an sich, um meine Hand anzusehen. Ich kann seinen Atem spüren, als er spricht. »Wie ist das denn passiert? Doch nicht etwa, als die Leute ins Schloss wollten?«

»Nein«, sage ich. »Ich musste mich aus dem Turmfenster herauslehnen, um Pepper wieder reinzuholen. Der Kater ist manchmal echt das Letzte. So was von neugierig.«

Ich weiß nicht genau, was ich erwartet habe, aber Carlo und Sander reden gleichzeitig auf mich ein. »Ich verstehe kein Wort«, sage ich, damit sie aufhören.

»Bist du verrückt geworden?«, fragt Sander und klingt total außer Atem. Außerdem ist er jetzt nicht mehr blass, sondern knallrot. »Wir haben doch gesagt, du sollst vorsichtig sein!«

»Hast du mir nicht zugehört?«, frage ich. »Pepper war da draußen auf dem Fenstersims und kam nicht mehr rein. Vermutlich ist er durch das Loch im Glas entwischt. Wenn ich mir vorstelle, was ihm alles hätte passieren können …«

»Dem Kater?«, fragt Carlo und sieht mich entsetzt an. »Hast du auch mal daran gedacht, was *dir* hätte passieren können? Reicht es nicht, dass dein Bruder im Krankenhaus ist? Du hast wirklich kein – wie sagt man – Verantwortungsgefühl. Kein Wunder, dass dir deine Familie nicht vertraut.«

Alles, woran ich denken kann ist, dass ich Carlo nie von Ben erzählt habe und erst recht nicht von dem Krach, den ich mit meinen Eltern hatte. Der Einzige, mit dem ich über alles gesprochen habe, ist Sander. Und der hat natürlich nichts Besseres zu tun, als es gleich weiterzuerzählen.

Auf einmal ist alles vergessen, Schloss Blackhill, Mrs Lydia, Pepper und der dumme Fluch. Ich bin einfach nur wütend. Carlo und Sander benehmen sich nicht wie Freunde, sondern wie meine Eltern. Ohne ein Wort laufe ich nach drinnen, schnappe mir meine Sachen und setze mich auf den freien Platz neben Albert, der den Kopf in seine Arbeitsblätter versenkt hat. Ich schlage mein Heft auf und versuche Lucys Kommentare zu lesen, aber die Buchstaben verschwimmen vor meinen Augen.

Ich weiß nicht, wann ich das letzte Mal so enttäuscht war. Stimmt nicht. Ich fühle mich genauso wie vor ein paar Wochen. In der Küche. Nachdem Mama und Papa herausgefunden hatten, dass ich mit Lyra die Schule geschwänzt habe.

32

Zu allem Unglück ist der Unterricht heute erst um fünf zu Ende, aber Lucy verspricht, dass es morgen etwas lockerer zugehen wird. Morgen ist nämlich der letzte Tag, bevor der Inspektor kommt, und sie sagt, wir sollten dann möglichst entspannt aussehen.

Sie lächelt, aber das verbirgt nicht, wie nervös sie ist.

Ich schleiche mich aus dem Klassenzimmer, ohne mich von Carlo oder Sander zu verabschieden. Aus dem Augenwinkel erkenne ich, wie Carlo mir hinterhersieht, aber Sander dreht sich nicht mal um. Er blättert gerade in Lisas Ordner und sie textet ihn zu, während sie ihre langen Haare um die rechte Hand wickelt und mit der linken an seine Schulter fasst. Irgendwie finde ich Lisa gerade ziemlich blöd. Das ist aber nichts gegen meine Wut auf Sander.

»Ihr könnt mir alle gestohlen bleiben«, flüstere ich in den Wind und mache mich auf den Weg zum Schloss, aber ich bin schon nicht mehr wütend, sondern enttäuscht. Und dann fällt mir ein, dass ich in ein paar Tagen wieder zu Hause sein werde. Ich bekomme ein ganz komisches Gefühl im Magen, so ähnlich wie vor einer Klassenarbeit, für die ich wenig gelernt habe. Denn die wenige Zeit, die noch bleibt, werde ich nicht mit meinen Freunden verbringen können.

Inzwischen ist es zu spät, um umzukehren. Carlo und Sander sind sicher schon nach Hause gegangen. Wenn doch nur die dummen Handys funktionieren würden, dann würde ich anrufen und wir könnten uns wieder vertragen.

Und dann auch noch das! Ich habe gerade das letzte steile Stück vom Hügel geschafft, da sehe ich Pumpkin vor dem Schloss. Mrs Lydia ist zu Hause. Das Schlosstor geht auf und dort steht sie schon. Sie wedelt mit beiden Händen in der Luft, was wohl heißt, dass ich schnell kommen soll.

»Beeil dich«, ruft sie mir entgegen. »Wir müssen dringend das Schlosstor verbarrikadieren. Ich erkläre dir alles, wenn du drin bist.« Ich bin so erstaunt, dass ich einfach ihrer Anweisung folge und losrenne. Was sie wohl vorhat? Erst als wir uns in der Halle befinden und Mrs Lydia beginnt große Bretter von innen vor das Tor zu schieben, mache ich mir ernsthaft Sorgen.

Als hätte sie meine Gedanken gelesen, sagt Mrs Lydia: »Der Riegel alleine reicht nicht. Diese Eisenvorrichtungen an der Tür existieren schon seit Jahrhunderten. Die Bretter werden einfach eingehängt und das Tor lässt sich von außen nicht mehr öffnen. So hat das Schloss schon diverse Invasionsversuche überstanden. Und natürlich auch einige unerwünschte Familienbesuche.«

»Und welche Invasion erwarten wir heute?«, frage ich.

Mrs Lydia schnaubt laut auf. »Die der schlimmsten Sorte. Jester Bunton und eine sogenannte Investorin. Mein Kontaktmann in der Bank konnte mich gerade noch rechtzeitig warnen. Wenn man solche Leute erst mal hereinlässt, wird man sie nie wieder los. Denen muss man von Anfang an zeigen, dass man Widerstand leistet.« Sie rollt ihre grünen Augen zur Decke, bevor sie mich eindringlich ansieht. Der pinke Lidschatten lässt sie ganz schön gespenstisch aussehen. Außerdem atmet sie hektisch ein und aus.

»Aber Jester Bunton und die Investorin waren heute Morgen schon hier«, sage ich vorsichtig.

»*What on earth!*«, ruft Mrs Lydia so laut, dass der Kronleuchter über uns vibriert und kleine Staubflocken auf den Boden rieseln.

»Ich habe sie nicht hereingelassen.«

»*Good girl.*« Ich kann sehen, wie sich ihr Atem langsam beruhigt. »Lass uns in die Küche gehen. Ich mache uns einen Tee und du erzählst mir alles.«

Ein paar Minuten später sitzen wir an dem alten, wackligen Holztisch und vor uns stehen zwei große weiße Teetassen mit mehreren Sprüngen. Ich lege meine Finger auf das dünne Porzellan und genieße es, endlich mal wieder warme Hände zu haben.

»Du hast ihnen also richtig die Meinung gesagt«, sagt Mrs Lydia bewundernd und nimmt einen großen Schluck Tee.

»Na ja. Ich kann ja nicht einfach Leute ins Schloss lassen – das habe ich inzwischen begriffen.« Das stimmt natürlich nicht ganz, denn Sander und Carlo waren inzwischen oft heimlich hier. Ich freue mich aber über Mrs Lydias Lob. »Und dann musste ich schnell zum Unterricht, denn der Inspektor kommt doch schon übermorgen«, erkläre ich.

»Inspektor?«, fragt Mrs Lydia und schaut über ihre Brillengläser.

»Ja – der entscheidet dann, ob Seacliff überhaupt Sprachkurse veranstalten darf. Und natürlich, ob wir ein Zertifikat bekommen werden. Ich bin nicht scharf darauf, aber Carlo braucht das dringend für sein Stipendium.«

»Der Junge mit den Locken, der ziemlich verträumt aussieht?«, fragt Mrs Lydia, aber sie schaut mich nicht an und beobachtet den Dampf, der aus ihrer Tasse aufsteigt.

»Steht es denn so schlecht um Schloss Blackhill?«, frage ich schließlich.

Mrs Lydia kneift die Lippen zusammen. »Ich bin wohl die letzte Blackhill, die dieses Schloss bewohnen wird.« Am Fenster fegen ein paar Blätter vorbei und ich bilde mir ein, die Raben zu hören. Mrs Lydia seufzt. »Irgendwie hatten die Schlossherren in der Vergangenheit immer mehr Glück als ich. Am Anfang gab es natürlich Einkünfte aus den Ländereien rund um das Schloss. Und wenn das nicht genug war, wurde einfach ein Stück Land verkauft. Und dann noch eins und noch eins bis mein Vater das letzte bisschen Wald verkauft hatte und am Ende nur noch ein verrottetes, altes Schloss auf einem Felsen übrig war samt eigensinniger Schlossherrin und Tochter.«

»Florence«, sage ich.

Sie wirft mir einen erstaunten Blick zu, fragt aber nicht nach und nickt. »Florence liebte das Schloss. Sie hat sich stundenlang in der Bibliothek eingeschlossen und wusste alles über unsere Geschichte. Mit sechzehn konnte sie sämtliche Generationen von Blackhills aufzählen und kannte alle Fakten und Legenden, die mit uns und Seacliff zu tun hatten. Ihr Traum war, alles der Öffentlichkeit zugänglich zu machen. Sie wollte, dass Blackhill ein Ort ist, an dem man Geschichte erleben kann. Zum Studium ist sie nach Edinburgh gegangen, aber danach kam sie wieder zurück, zu mir und

Blackhill. Wir hatten uns sehr vermisst. Ihr Vater starb, als sie noch klein war, und seither waren wir immer zu zweit.«

Mrs Lydia legt ihre Hände auf den Tisch.

»Sie kam mit einem Jungen. Max. Die beiden hatten sich an der Uni kennengelernt. Er hat Geschichte studiert, so wie sie. Zuerst war ich skeptisch, zwei so unpraktische Geschöpfe als Paar, aber Max und sie waren einfach wunderbar zusammen. Buchliebhaber mit dem seltsamsten Sinn für Humor.

Doch die größte Überraschung kam noch – Florence war schwanger. Ihre Tochter wurde hier auf dem Schloss geboren, und zwar während des schlimmsten Sturms, den ich je erlebt habe. Die Steine sind wortwörtlich aus den Außenmauern gebrochen; die Meeresgischt spritze meterhoch. Es hätte mich nicht gewundert, wenn die Wellen das Schloss erreicht hätten.

Aber wir saßen vor dem Kaminfeuer und bewunderten meine Enkelin, die die Hebamme gerade auf die Welt geholt hatte. *Helena Storm Blackhill.*«

Und dann bleibt mir auf einmal die Luft weg. Natürlich, das ist die Lösung des Rätsels. Warum habe ich es nicht schon früher gemerkt? Die hohe Stirn, der breite geschwungene Mund und derselbe trotzige Gesichtsausdruck. HSB. Aber ich zögere einen Moment, bevor ich spreche.

Mrs Lydia sieht mich an, ihre Augen groß und weit.

»HSB steht für Helena Storm Blackhill«, sage ich leise. »Sie ist auf dem vierten Porträt in meinem Zimmer.«

33

»Helena Storm Blackhill«, wiederhole ich langsam, während meine Gedanken sich überschlagen. Das Mädchen auf dem vierten Bild ist also Mrs Lydias Enkelin. Und ihr Porträt ist das letzte in einer Reihe von angeblichen Fluch-Opfern. Alles Mädchen, die laut der Legende hier auf dem Schloss gestorben sind. Mir läuft ein Schauer über den Rücken.

Mrs Lydia sieht mich immer noch undurchdringlich an. Ich kann nur flüstern. »Ist sie tot?«

Jetzt lehnt sich Mrs Lydia zurück und verzieht ihren Mund zu einer Grimasse. »Nicht dass ich wüsste. Das letzte Mal habe ich sie vor sechs Jahren gesehen. Da war sie elf Jahre alt, putzmunter und ziemlich lebendig. Geschrien und sich beschwert hat sie, als der Umzugswagen kam. Ihre Mutter dagegen hat kein Wort mehr gesagt. Nach den ewigen Streitereien mit mir hatte sie es wohl aufgegeben. Wenn ich darüber nachdenke, kann ich es ihr nicht übel nehmen. Ich bin wohl manchmal ganz schön anstrengend. Sollte ich dir also einen Rat geben dürfen – sei nachsichtig mit deinen Eltern. Auch Erwachsene machen Fehler, ziemlich viele sogar. Nicht auf ihre Kinder zu hören ist einer davon.«

Genau, denke ich. Aber im Moment will ich einfach mehr über Helena hören. »Warum hängt Helenas Bild neben den

Bildern der Fluch-Opfer, wenn sie gar nicht tot ist?«, frage ich.

Mrs Lydia schiebt ihre Tasse so schnell zur Seite, dass hellbrauner Tee auf den Küchentisch schwappt. »Fluch-Opfer? Lächerlich! Wie kommst du nur auf diesen Unsinn? Ich hätte mir natürlich denken können, dass die Leute im Dorf das Gerede nicht lassen können. Irgendwann hat sogar mal jemand ein Buch über diese albernen Geschichten geschrieben. Das vierte Bild hing schon im Turmzimmer bevor Helena und Florence ausgezogen sind. Helena fand es lustig, die Tradition fortzusetzen. Du verstehst schon, die Tradition von Schauergeschichten und Aberglauben, die abends bei einem Glas Whisky im Pub gepflegt wird. Die entsetzten Blicke der Leute im Dorf, wenn sie erzählte, dass sie im Turmzimmer wohnt, fand sie lustig.«

Ich will etwas sagen, aber Mrs Lydia hält mir eine Hand entgegen, die mich wohl daran hindern soll, den Mund aufzumachen.

»Schluss mit dem Unsinn«, sagt sie energisch. »Du und ich, wir haben Wichtigeres zu tun. Mein Kontaktmann in der Bank sagt, es sei ziemlich unwahrscheinlich, dass Jester Bunton jemanden überzeugen kann Blackhill zu kaufen. Die Investoren haben sich noch andere Anwesen in Südengland angesehen und wurden dort wohl mit offenen Armen empfangen. Wenn sie sich Blackhill nicht einmal ansehen können, werden sie es wohl kaum einfach kaufen. Und am Freitag reisen sie zurück nach Frankreich, habe ich gehört.« Mrs Lydia ist aufgestanden und beginnt die Teetassen abzuwaschen. Jetzt dreht sie sich zu mir.

»Aber ich kann vielleicht bis Freitag einen neuen Kredit

bekommen. Allerdings muss ich dazu wieder nach London. Deine Aufgabe ist es also, Jester Bunton und seine Begleitung vom Schloss fernzuhalten. *Understood?*«

Soll das ein Witz sein? Wie stellt sie sich das denn vor? Mrs Lydia verzieht keine Miene, läuft zwei Schritte auf mich zu und stützt die Arme auf die Hüften.

»Das dürfte ziemlich schwierig werden«, versuche ich zu erklären und merke, dass mir auf einmal die Worte fehlen. »Ich muss ja auf jeden Fall zum Unterricht kommen und wie soll ich dann das Tor von innen verbarrikadieren?«

Ich frage mich, ob Mrs Lydia begriffen hat, dass am Donnerstag die Inspektion stattfindet, die ziemlich wichtig für Seacliff ist. »Lucy meinte, der Inspektor besucht übermorgen wahrscheinlich alle Gastfamilien, und es wäre gar nicht gut, wenn wir ihn nicht hereinlassen würden.«

»Donnerstag bin ich wahrscheinlich erst abends zurück«, sagt Mrs Lydia und streicht sich mit der Hand übers Kinn.

»Aber das geht nicht!«, rufe ich. »Was, wenn der Inspektor das Schloss sehen will? Es kann sein, dass wir wegen so etwas durchfallen, und dann können keine Sprachschüler mehr nach Seacliff kommen.«

»Was kein großer Verlust wäre«, sagt Mrs Lydia. »Denkst du im Ernst, ein paar Sprachschüler mehr oder weniger könnten dieses Dorf retten? Die Leute brauchen feste Jobs und Tourismus. Dazu müssten hier wieder Firmen und Geschäfte aufmachen, aber das passiert doch nicht nur wegen einer Sprachschule.«

»Das ist erst der Anfang«, protestiere ich. »Vielleicht kommen mit der Sprachschule mehr Touristen. Abby hat uns von den Fossilien erzählt. Man könnte eine Trampolinhalle aufmachen und neue Restaurants unten am Strand. Es gibt so viele Leute hier, denen das Dorf etwas bedeutet.« Ich merke, wie ich meine Finger verschränke und so fest drücke, dass es wehtut.

»Ich muss doch sehr bitten. Wenn jemandem etwas an Seacliff liegt, dann bin das wohl ich«, sagt Mrs Lydia. »Also gut, ich versuche Donnerstag früh genug zurück zu sein. Und was den Weg aus dem Schloss angeht, da hätte ich einen Vorschlag.«

Der Keller ist genauso unheimlich wie gestern, als ich nach Pepper gesucht habe. Mrs Lydia läuft vor mir her, eine schwarze Silhouette mit wilden Haaren, in der Hand eine Öllampe, die gespenstisch flackert. Meine Flipflops machen komische Geräusche auf dem Steinboden und es riecht nach altem, feuchtem Gemäuer. Wir folgen dem Gang, der zum Zimmer führt, in dem ich Pepper gefunden habe. Ich frage mich, ob es Helenas oder Florences Zimmer war. Florences, entscheide ich, denn laut Mrs Lydia hat Helena im Turmzimmer gewohnt.

Wir laufen an der Holztür vorbei und auf einmal ist die Decke des Gangs tiefer und der Boden weicher, so als ob er aus Lehm und nicht aus Stein besteht. Es ist eiskalt und ich klappere mit den Zähnen.

»Mach dir keine Sorgen«, höre ich Mrs Lydias Stimme, »die Skelette der letzten Jahrhunderte haben wir schon vor einiger Zeit entsorgt. Wenn du über etwas stolperst, sind es nur Wurzeln oder Erdklumpen. Im schlimmsten Fall eine tote Ratte.« Sie lacht und es klingt dumpf. Der Lehm verschluckt alle Geräusche.

Wir laufen schweigend weiter, es geht ständig bergab und

ich versuche mich abzulenken. Am liebsten würde ich sofort Carlo und Sander von meinen neuen Entdeckungen erzählen, aber dann fällt mir wieder ein, dass wir im Streit auseinandergegangen sind.

»Nicht mehr weit«, ruft Mrs Lydia.

Und tatsächlich, ich spüre, wie frischere Luft in den Gang strömt, der inzwischen so eng und tief ist, dass Mrs Lydia und ich vornübergebeugt laufen müssen. Ich hoffe, ihre Öllampe hält durch.

»Jetzt darf nur der verflixte Holunderbusch nicht alles überwuchert haben«, höre ich sie sagen. »Aber ich habe so meine Methoden.« Zum ersten Mal, seit wir den Gang entlanggelaufen sind, dreht sie sich zu mir um.

»Hier, halt mal.«

Ich nehme ihr die Öllampe ab und versuche mich zu orientieren.

»In diese Richtung leuchten, bitte.«

Es ist nicht leicht zu erkennen, was Mrs Lydia macht. Sie kniet am Boden und hantiert mit einer Art Zange an irgendetwas herum.

»Nichts wächst hier draußen, aber dieser Holunderbusch wuchert wie Unkraut. Wollen wir doch mal sehen, ob wir den nicht kleinkriegen.«

Nach ein paar Minuten nimmt sie mir die Lampe ab. »Folge mir.«

Ich krieche hinter ihr her durch ein Loch ins Freie. Mrs Lydia hält die Zweige, so weit es geht, auseinander und schließlich stehen wir draußen. Die kalte Abendluft pfeift mir um die Ohren und ich blicke in die Dunkelheit vor mir, in der man das Meer auf die Felsen schlagen hören kann.

»Dreh dich um«, sagt Mrs Lydia. Hinter uns lauert Schloss Blackhill wie ein düsteres Raumschiff, das oben auf dem Berg gelandet ist.

»Vermutlich hast du Verständnis dafür, warum ich dir diese Abkürzung nicht gleich am ersten Tag gezeigt habe. Man kann ja nicht jedem Fremden unsere geheimen Gänge zeigen. Der Pfad ins Dorf ist hier drüben, kannst du ihn erkennen?«

Ich nicke, denn das ist die Stelle, an der ich Pepper gefunden habe.

Auf einmal legt Mrs Lydia ihre Hand auf meine Schulter. »Das also, Rebecca, ist der geheime Gang von Schloss Blackhill und ab morgen dein Schulweg.«

Ich versuche zu lächeln, aber tatsächlich würde ich lieber dreimal den Pfad draußen hin und wieder zurücklaufen, als mich alleine durch den engen, geheimen Tunnel zu schlängeln.

34

Eine halbe Stunde später liege ich im Bett und Pepper kuschelt sich an mich. Ich bin so froh, dass er hier ist.

Vermutlich hat er den ganzen Tag die Möwen am Strand gejagt, denn er riecht nach kühler Meeresluft. »Wenn du wüsstest, was mir Mrs Lydia heute alles erzählt hat«, flüstere ich ihm zu. »Sie war richtig nett zu mir, weil ich Jester Bunton nicht ins Schloss gelassen habe. Und sie hat mir von ihrer Familie erzählt. Schau mal, da, auf dem Bild an der Wand. Das ist ihre Enkelin. Helena Storm Blackhill.«

Im Halbdunkel kann ich das Porträt nicht gut erkennen, aber inzwischen habe ich mir ihr Gesicht auch so gut eingeprägt. Helena hat zwar dieselben vollen Lippen wie ihre Großmutter, aber ihre Augen sind rund und dunkel und haben nicht diesen stechenden, herrischen Ausdruck.

Ich stelle mir vor, dass Helena mich von ihrem Bild aus anlächelt. So wie Jane, Ella und die erfundene Amali. Es scheint fast so, als seien sie alle glücklich darüber, dass ich ihr Geheimnis gelüftet habe.

Nur, wer hat das Fenster in meinem Zimmer eingeschlagen und mir den Brief mit dieser gruseligen Warnung geschrieben? Und warum? Inzwischen bin ich mir sicher, dass Mrs Lydia nichts damit zu tun hat.

Pepper schnurrt leise und gleichmäßig in mein Ohr. Irgendwann hat Papa mal zu mir gesagt, dass Katzen die besten Einschlafhilfen sind. Egal wie sehr sich meine Gedanken im Kopf auch drehen, Peppers Schnurren lässt mich alles vergessen.

Am nächsten Morgen ist Pepper nicht mehr da. Nur eine Delle auf dem Kopfkissen beweist, dass er hier war.

Ich suche nach meinem Handy, und als ich es schließlich auf dem Boden vor meinem Bett finde, sehe ich, dass der Akku leer ist. Deshalb habe ich keine Ahnung, wie spät es ist. Ich laufe zum Fenster und bekomme das schreckliche Gefühl, verschlafen zu haben, so hell ist es draußen.

Ich ziehe mich an, schnappe meine Schulsachen und renne schnell in die Küche, wobei ich fast auf der Treppe ausrutsche. Das darf doch nicht wahr sein. Neun Uhr zeigt die Standuhr in der Halle an. Der Unterricht beginnt gerade ohne mich. Was wird nur Lucy denken, wenn ich schon wieder zu spät komme?

In der Küche beachte ich weder die Schüssel mit Cornflakes noch den Zettel mit Anweisungen, die Mrs Lydia hinterlassen hat. Ich taste nach der Nachtlampe in meiner Jacke und hole tief Luft. Irgendwie gut, dass ich keine Zeit habe, mir Gedanken über den Weg durch den dunklen Tunnel zu machen.

Mein schlechtes Gewissen treibt mich mit Mega-Geschwindigkeit voran. Ich folge dem Lichtschein auf dem Lehmboden vor mir und versuche die engen Gänge um mich herum zu ignorieren. Lucy wird mir gleich eine gehörige Standpauke verpassen und sie hat ja auch recht. Wie konnte ich nur vergessen mein Smartphone aufzuladen?

Ich bin total erleichtert, als ich schließlich am Ausgang des Tunnels durch den Busch krieche. Dass ich mir Kratzer an den Armen und Beinen hole, spüre ich gar nicht. Dann fängt es auch noch an zu regnen. Shorts und T-Shirt waren eine dämliche Idee.

Der Regen wird immer stärker und fünfzehn Minuten später bin ich total durchnässt. Bei den drei Bäumen biege ich zum Schulgebäude ab und versuche den schlammigen Pfützen auszuweichen. Mit einem kräftigen Schubs stoße ich die Tür zum Klassenzimmer auf. Alle starren mich an.

»Rebecca.« Lucy löst sich aus der Gruppe und stürzt auf mich zu. Sie trägt heute eine weiße Bluse mit weiten Ärmeln, und ihr Gesicht ist so bleich, dass es sich kaum von dem Kleidungsstück abhebt. »Zum Glück bist du hier. Wir haben uns solche Sorgen um dich gemacht!«

Ich verstehe kein Wort. Sander kommt nach vorne und macht den Mund auf, aber bevor er etwas sagen kann, ertönt eine laute Stimme hinter mir. »Sie ist hier, was für eine Erleichterung. Aber schau dich nur an, Mädchen. Was, um Himmels willen, ist denn passiert?«

In der Eingangstür steht Jester Bunton in einem Tweedanzug mit Halstuch. Er sieht aus wie der animierte Englischlehrer in unseren Schulvideos, bloß der Schnurrbart fehlt noch. Hinter ihm steht die Frau mit der tiefen Stimme, die Jester beim letzten Schlossbesuch dabeihatte. Sylvia.

»Meine Liebe«, sagt sie und ihre Stimme zittert ein wenig. »Geht es dir gut?«

Okay, ich sehe wahrscheinlich nicht besonders ordentlich aus. Versehentlich habe ich die Shorts mit dem riesigen Schokoladenfleck angezogen und das T-Shirt, mit dem Pepper Wollknäuel gespielt hat. Meine Beine sind lehmig und verschrammt, genau wie meine Arme, an der Hand klebt noch Blut von den Büschen. Dazu bin ich triefend nass.

»Es tut mir so leid«, sagt Sander schließlich und sieht mich so an wie Pepper, wenn er aus Versehen meine Hand gekratzt hat. »Wir haben uns Sorgen gemacht, weil du gestern einfach verschwunden warst. Carlo und ich waren dann abends am Schloss, aber das Tor ging nicht auf und niemand hat geantwortet. Wir haben total laut gerufen. Und als du dann heute Morgen nicht aufgetaucht bist, haben wir Lucy von der Drohung erzählt.«

Sie müssen da gewesen sein, als ich mit Mrs Lydia den Geheimgang erkundet habe, schießt es mir durch den Kopf.

»Eine Drohung!«, unterbricht Jester Bunton und umfasst meinen Oberarm. »Vielleicht aber auch eine Warnung. Vermutlich von jemandem, der dich beschützen will.«

Ich komme nicht dazu zu antworten, denn Sylvia fährt mit ihrer eiskalten Hand über mein Gesicht. »Jester hat mir alles erzählt. Wie unheimlich, auf einem verfluchten Schloss einquartiert zu sein. Und dann diese verrückte Schlossherrin. Es musste ja früher oder später etwas passieren. Wir sollten jetzt dringend deine Eltern informieren.«

Bis jetzt war ich noch ganz gefasst, aber als Sylvia Mama und Papa erwähnt, läuft es mir kalt den Rücken herunter. Das Allerletzte, was ich brauchen kann, ist, dass ihnen jemand von mir und dem verfluchten Schloss erzählt.

»Es ist nichts passiert«, protestiere ich und versuche dabei ganz ruhig zu klingen. Ich gehe näher zu Sander, damit Sylvia mich nicht mehr anfassen kann. »Ich habe einfach verschlafen und bin auf dem Weg hierher ausgerutscht und in den Regen gekommen.«

Jester legt den Kopf zur Seite und mustert mich mit einem kühlen Blick. »Und wo war Mrs Lydia heute Morgen?«, fragt er.

»Die hat auch verschlafen«, sage ich schnell.

»Du hast recht«, sagt Sylvia zu Jester. »Diese alte Dame handelt wirklich unverantwortlich. Man darf sich nicht wundern, wenn Kinder in ihrer Obhut zu Schaden kommen. Es braucht wirklich andere Vorsichtsmaßnahmen in so einem alten, halb verfallenen Gemäuer. Vor allem, wenn man«, sie räuspert sich und kneift die Augen zusammen, »die düstere Geschichte des Ortes berücksichtigt.«

Lucy nickt zustimmend und ich wünschte, ich könnte ihr davon erzählen, was ich über den Fluch herausgefunden habe.

»Blackhill hat aber keine düstere Geschichte.« Carlo ist schneller als ich und hält das dicke Buch in der Hand, das Lucy ihm ausgeliehen hat. »Im Gegenteil, hier wurden sogar Friedensabkommen geschmiedet und ...«

»Was verstehst du denn davon? Diese Dinge kann man nur beurteilen, wenn man in einem geschichtsträchtigen Ort groß geworden ist, so wie Lucy oder wie ich. Schon unsere Großeltern haben uns vor dem Schloss gewarnt«, unterbricht Mr Bunton. »Wie auch immer, Sylvia und ich werden Mrs Lydia jetzt einen Besuch abstatten. Inzwischen sollte sie ja wohl wach sein. Und Lucy, du wirst dich hoffentlich um Rebecca kümmern. Es tut mir so schrecklich leid, dass ich sie bei der verrückten Lydia einquartiert habe. Wir hätten es besser wissen müssen. Ich hätte auf euch hören sollen.«

Lucy nimmt mich in den Arm, was mich tatsächlich irgendwie tröstet. »Natürlich! Und ich sorge dafür, dass sie auf keinen Fall zum Schloss zurückgeht.«

Bevor ich etwas sagen kann, sind Jester und Sylvia verschwunden. Aber alles, woran ich denken kann, sind Mama und Papa und dass hoffentlich keiner auf die Idee kommt, sie anzurufen. Fluch hin oder her. Meine größte Angst ist, sie könnten denken, ich hätte schon wieder Mist gebaut.

35

Ich versuche alles so schnell zu erklären, dass ich mich dauernd verhaspele und fast keine Luft mehr bekomme, aber Lucy wehrt jeden meiner Versuche ab. »Mrs Lydia hat es zu weit getrieben«, sagt sie bestimmt. »Ich wusste gleich, dass sie als Gastmutter ungeeignet ist. Sie behandelt Kinder, als wären sie Erwachsene.« Sie zieht die Augenbrauen zusammen und sieht mich viel strenger an als sonst.

»Aber es geht doch um viel mehr«, protestiere ich. »Um die Zukunft von Schloss Blackhill und von Seacliff. Und was will Jester Bunton eigentlich hier mit dieser Sylvia? Man kann das Schloss doch nicht einfach verkaufen. Wo soll Mrs Lydia denn dann hin?« Warum versteht Lucy mich denn nicht?

Sie runzelt die Stirn und dreht den Bleistift in ihrer Hand hin und her. »Selbst wenn Jester wollte, hätte er gar keine andere Möglichkeit, als das Schloss zu verkaufen. Ehrlich, wie soll man den baufälligen Kasten sonst in Schuss halten? Aber Schluss damit! Wir haben eigene Probleme, oder? Morgen müssen wir nämlich den Inspektor davon überzeugen, wie sehr sich euer Englisch in den letzten Wochen verbessert hat und wie gut es euch hier geht. Und Rebecca, stell dir mal vor, der Inspektor wäre heute gekommen. Wie hätte er wohl reagiert, wenn er dich so sehen würde?«

Lisa kichert und ich werfe ihr einen bösen Blick zu. Aber dann zieht Sander mich auf den Platz neben sich und flüstert: »Die solltest du einfach nicht beachten.« Und dann sagt er noch leiser: »Tut mir leid, dass ich Carlo von deiner Familie erzählt habe. Ist mir einfach so rausgerutscht.«

Ich stütze mein Kinn auf meiner Hand ab und sehe nach vorne, damit er denkt, ich ignoriere ihn. Aber ich kann trotzdem nicht aufhören zu lächeln. Vielleicht wird der Tag ja doch noch ganz gut.

In der Pause habe ich endlich Zeit, Sander und Carlo alles zu erklären. Ihre Augen werden immer größer, als ich von Mrs Lydias Familie erzähle.

»Wie krass«, sagt Sander. »Ein Bild von ihrer Enkelin hängt in der Reihe der Fluch-Opfer. Und das Mädchen hatte echt einen Unfall auf dem Schloss? Warum konntest du nicht noch mehr darüber herausfinden?«

»Ich kann nicht glauben, dass Jester Bunton tatsächlich versucht das Schloss zu verkaufen! Am Ende wollen die bestimmt ein Luxushotel daraus machen und dann bekommt kaum jemand die Chance, es zu besichtigen. Vielleicht reißen sie es auch ganz ab«, seufzt Carlo.

Mir fällt etwas ein, sodass ich kichern muss und ihn in die Rippen stoße. »Was verstehst du denn davon? Du bist ja wohl nicht, so wie Jester Bunton, an einem geschichtsträchtigen Ort geboren.«

Sander lacht auch. »Nee, nur in Rom«, sagt er. »Wo liegt das überhaupt?«

Er sieht mich kurz an. »Mal im Ernst. Mit einer Sache haben sie recht. Du solltest besser nicht zurück aufs Schloss gehen. Ich kann Abby wirklich fragen, ob du bei uns übernachten kannst. Kein Problem.«

Mein Herz schlägt ein bisschen schneller und ich denke darüber nach. »Nein«, sage ich schließlich, obwohl ich viel lieber Ja sagen würde. »Ich habe Mrs Lydia versprochen auf das Schloss aufzupassen, wenigstens bis sie morgen zurückkommt. Aber vielleicht könntet ihr mir helfen und wir tun einfach so, als wäre ich aus dem Schloss ausgezogen?«

Sander sieht enttäuscht aus, aber Carlo nickt heftig.

Unser Plan ist ziemlich einfach. In der Mittagspause laufen Sander und ich schnell zu Abby. Ich versuche möglichst verängstigt auszusehen, als wir sie um Hilfe bitten. Das ist aber gar nicht nötig. Ohne Zögern willigt sie sofort ein, dass Sander heute im Wohnzimmer auf dem Sofa schläft und ich sein Zimmer übernehmen kann. Genau wie wir es wollten.

In der Schule erzähle ich Lucy davon und sie sieht total glücklich aus, dass sie sich nicht mehr um eine neue Unterkunft für mich bemühen muss. Dann verspricht sie mir meine Eltern nicht über den Umzug zu informieren. Ich erkläre ihr, wie sehr die beiden mit Ben beschäftigt sind und dass sie sich wirklich nicht noch mehr Sorgen machen müssen. Lucy gibt schließlich nach, weil es ja nur für ein paar Nächte ist.

Es sieht so aus, als liefe alles nach Plan. Aber wir haben nicht mit Lucys Entschlossenheit gerechnet. Ich hatte nämlich vor die Jungs sofort nach der Schule mit aufs Schloss zu nehmen. Erstens um ihnen den geheimen Gang zu zeigen, und zweitens weil die beiden mich nicht alleine gehen lassen wollen. Aber gleich als der Unterricht zu Ende ist, sagt Lucy: »Ich bringe euch heute nach Hause. Es gibt da noch ein paar

Dinge, die ich mir bei den Gastfamilien anschauen muss.« Sie lächelt sanft, aber ich weiß, dass es zwecklos ist, ihr die Sache auszureden.

Carlo protestiert, als wir ihn zuerst bei Libby abgeben. Aber als Libbys Baby sich an seinem Bein hochzieht, hört er sofort auf und verabschiedet sich.

Abby und Matt sind total freundlich, aber ein bisschen seltsam. Ich fühle mich die ganze Zeit beobachtet. Beim Abendessen flüstern sie miteinander. Nach dem Essen spielen wir noch Scrabble, wobei Sander dauernd verliert und uns immer irgendwelche erfundenen Worte unterschieben will.

Er macht ständig Witze, aber ich kann sehen, wie er mich zwischendurch besorgt ansieht.

Um neun Uhr täusche ich große Müdigkeit vor und Abby zeigt mir Sanders Zimmer. Die beiden sagen, sie gehen noch in ihrem Schlafzimmer fernsehen, sodass sich Sander schon auf der Couch im Wohnzimmer einrichten kann. Wir bräuchten ja schließlich alle unseren Schlaf, um morgen einen guten Eindruck auf den Inspektor zu machen.

Es ist kurz vor elf und ziemlich ruhig im Haus. Das Fenster lässt sich nach oben schieben. Es ist zwar klein, aber ich müsste durchpassen. Inzwischen habe ich immer weniger Lust auf das nächtliche Schlosshüten. Aber genau wie bei Lyra habe ich Mrs Lydia etwas versprochen. Und ein Versprechen muss man halten.

Gerade als ich schon mit einem Bein draußen bin, geht die Tür auf.

»Was soll das denn?« Sanders Stimme jagt mir einen riesigen Schreck ein.

»Was denkst du wohl?«, zische ich. »Sei gefälligst leise, sonst weckst du Abby und Matt auf.«

»Willst du wirklich jetzt zum Schloss?« Er steht in seinem weißen Shirt und der Pyjamahose vor mir und ich fange auf einmal an zu stottern.

»Ich … ich habe es Mrs Lydia versprochen. Ich gehe nur kurz nachschauen und schreibe ihr einen Zettel. Das bin ich ihr wirklich schuldig. Stell dir vor, sie kommt heute Nacht zurück und ich bin nicht da.«

Sander nickt. »Okay. Ich komme mit.«

»Nein«, sage ich schnell. »Abby und Matt kontrollieren bestimmt, ob du eingeschlafen bist. Wenn wir Glück haben, schauen sie bei mir nicht so genau nach. So hatten wir es doch abgesprochen.«

Ich zeige auf das Bett, das ich kunstvoll mit Decken und Kissen so hergerichtet habe, als läge ich darin.

»Im Ernst?« Sander schüttelt den Kopf.

»Ich habe das hier«, sage ich und ziehe die Nachtlampe aus meiner Jackentasche. »Damit schaffe ich es schon.« Ich stehe aufrecht da und versuche zuversichtlicher zu klingen, als mir zumute ist.

»Du bist ganz schön eigenartig.« Er kommt ein Stück näher und berührt mit seiner Hand meinen Arm.

»Ist das gut oder schlecht?«

»Richtig gut.«

Ich bin total überrascht und mein Herz fängt an zu rasen. Sander streicht mir eine Locke aus dem Gesicht und gibt mir einen zarten Kuss auf die Wange. Für einen Moment vergesse ich alles um mich herum und die Lampe fällt aus meiner Hand.

In dem Moment hören wir Stimmen. Ich schnappe mir die Lampe und springe aus dem Fenster in den Garten. Sander sprintet in Richtung Wohnzimmer.

Für ein paar Minuten warte ich am halb offenen Fenster. Nichts passiert.

»Lauf los«, höre ich Sander schließlich flüstern. »Abby und Matt denken, du schläfst.« Und dann: »Und komm bitte ganz schnell zurück, sonst mache ich mir nämlich Sorgen.«

36

Mein Körper fühlt sich seltsam warm an, trotz des kühlen Seewinds, der mir um die Ohren pfeift. Die Wange, auf die Sander mich geküsst hat, brennt, als würde die Sonne darauf strahlen.

Er mag mich also wirklich. Und er findet mich eigenartig. Irgendwie kann ich gar nicht aufhören zu lächeln und weder der eisige Seewind noch der Fischgeruch aus den Mülltonnen, an denen ich gerade vorbeilaufe, kann daran etwas ändern. Ich bin total glücklich.

Wenigstens so lange, bis ich das Ende der Dorfstraße erreicht habe und jetzt am Strand entlang zum Schlosspfad laufen muss. In der Dunkelheit. Alleine. Mein Glücksgefühl erlischt, als hätte jemand eine Kerze ausgeblasen.

Mit zittrigen Fingern greife ich nach der Lampe in meiner Jackentasche. Irgendetwas stimmt nicht mit dem Einschaltknopf. Ich drücke und drücke und schließlich flackert ein schwaches, gelbes Licht auf. Mist, sie muss kaputtgegangen sein, als ich sie fallen gelassen habe. Nachdem Sander mich geküsst hat.

Die Lampe wird schon durchhalten, flüstere ich und mache mich auf den Weg.

Der Holunderbusch lauert im Dunkeln vor mir wie eine riesige Spinne mit tausend dünnen Armen. Der Schein der Lampe ist ganz schwach, nur Papas Worte, die in meinem Ohr klingen, beruhigen mich etwas. »Die Dunkelheits-Monster-Hexen-Ungeheuer-Gespenster-Vertreibungs-Lampe – wirkt garantiert.« Aber ich bin nicht mehr fünf Jahre alt und fürchte mich vor Monstern unter meinem Bett. Das hier ist ein einsames Schloss und ein jahrhundertealter Geheimgang, in dem laut Mrs Lydia mal Skelette lagen.

Ich beiße die Zähne so fest zusammen, dass mein Kiefer wehtut, und suche nach dem Eingang. Ein paar Sekunden später stehe ich im Tunnel. »Bitte geh nicht aus«, beschwöre ich die Lampe.

Und erstaunlicherweise ertönt zur Antwort ein Geräusch von unten. Genauer gesagt, ein Miauen. Ich hebe Pepper auf meinen Arm und drücke meinen struppigen Kater an mich. »Du kommst im richtigen Augenblick.«

Mit Pepper zusammen ist es ganz einfach, durch den Tunnel zu gehen. Vielleicht liegt es daran, dass ich ihm jede Menge zu erzählen habe.

»Sander hat mich geküsst«, flüstere ich und merke, dass ich rot werde. »Auf die Wange, weißt du. Und er denkt an mich. Eigentlich sollte ich nämlich bei Abby und Matt übernachten. Aber das geht nicht, ohne Mrs Lydia wenigstens eine Nachricht zu hinterlassen.«

Pepper stemmt sich mit den Vorderpfoten gegen meine Brust und ich fühle seine feuchte Zunge auf meiner Nase. »Schon gut«, lache ich. »Du kommst nachher einfach mit zu Abby und Matt, in Ordnung?«

Aber dann fährt Pepper auf einmal die Krallen aus.

»Aua, was hast du denn?«, rufe ich, doch da ist er schon von meinem Arm gesprungen und in der Dunkelheit verschwunden. Meine Lampe fängt auf einmal an heftig zu flackern und im nächsten Augenblick ist sie ganz aus.

Mein Herz rast so schnell, dass ich kaum noch Luft bekomme.

Ich konzentriere mich auf die Tunnelwand und gehe weiter. Blind taste ich mich vorwärts, Schritt für Schritt. Vielleicht kann ich Peppers Pfoten auf dem Boden tapsen hören? Aber alles ist still.

Plötzlich ist da ein Rascheln. Ganz leise. Ich beiße die Zähne zusammen und stolpere weiter.

Und dann sind da noch mehr Geräusche. Etwas schleift über den Boden, Geraschel, Schritte. Inzwischen hämmert mein Herz. Erst sehe ich nur einen gelben Strich am Boden. Bevor ich verstehe, was es ist, blendet mich auf einmal ein greller gelber Lichtschein und ich schreie laut auf.

37

Ich bin gestolpert, knie auf dem Boden und fühle die Kälte an meinen Beinen.

»Rebecca?«

Eine Hand streckt sich mir entgegen. Ich lasse mich nach oben ziehen und atme tief aus. So wie unsere Sportlehrerin es immer will nach dem Langstreckenlauf. Dann stehe ich Jester Bunton im fahlen Lichtschein gegenüber.

»Darf ich vielleicht anmerken, dass unterirdische Tunnel nichts für schwache Nerven sind?«, fragt er mit einem eigenartigen Lächeln. »Interessant, dass Mrs Lydia denkt, ausgerechnet du könntest das Schloss alleine verteidigen. Ich hätte eher auf einen von deinen Freunden gesetzt, aber allmählich begreife ich, was sie in dir sieht.«

»Und was machen Sie hier unten?«, frage ich und sehe durch die offen stehende Tür in das Zimmer, aus dem Mrs Lydia mich neulich verscheucht hatte. Jester muss die Tür in dem Moment geöffnet haben, in dem ich dorthin geschaut habe. Deshalb hat mich der Lichtstrahl so geblendet.

Es sieht nach Verwüstung aus. Die Kissen liegen überall verstreut auf dem Boden. Alles ist übersät mit Papieren, Büchern und Krimskrams, als hätte jemand den Inhalt von Schubladen auf dem Boden ausgeleert.

»Ach«, sagt Jester Bunton, »so dies und das. Erst mal musste ich oben das Schloss entriegeln, damit ich Sylvia morgen durch den Haupteingang hereinlassen kann. Und dann brauchte ich noch einige Unterlagen.«

Er tippt mit den Fingern auf einen alten grauen Ordner in seiner Hand.

»Ich muss allerdings sagen, die gute Florence war genauso unordentlich wie ihre Mutter. Das was schon in der Schule so. Wir saßen nebeneinander und sie hatte meistens ihre Bleistifte vergessen. Schwierig, irgendetwas zu finden in dem Chaos ...« Er streicht sich mit dem Finger über sein unrasiertes Kinn.

»War das hier unten Florences Zimmer?«, frage ich.

»Allerdings.« Jester lächelt. »Florence war vorsichtig, immer auf der Hut. Sie hatte es nicht so mit dem Turmzimmer. Dafür umso mehr mit geheimen Gängen. Ihre Mutter wusste natürlich nicht, dass sie so immer ihre Freunde ins Schloss geschmuggelt hat. Lucy, Gary und mich. Wir hatten viel Spaß hier unten. Haben uns die gruseligsten Sachen ausgedacht. In dem Gang hier habe ich übrigens meine erste Zigarette geraucht.«

»Ich kann mir nicht vorstellen, dass Mrs Lydia das gefallen hat«, sage ich.

Jester Bunton schüttelt den Kopf. »Ganz und gar nicht. Noch weniger gefiel es ihr, dass Florence und ich ein Paar waren. Erste Liebe und so. Sie wollte mich damals genauso wenig auf dem Schloss haben wie heute. Und irgendwie kann ich inzwischen verstehen, dass sie mich nicht mag. Morgen werde ich nämlich derjenige sein, der dafür sorgt, dass sie hier rausfliegt. Generationen von Blackhills haben hier gelebt und Mrs Lydia wird die Letzte sein. Sylvia ist fast so weit, den Kaufvertrag für das Schloss zu unterschreiben.«

»Warum machen Sie das?«, frage ich. »Nur weil Sie Mrs Lydia nicht leiden können, müssen Sie doch nicht gleich ihr Zuhause verkaufen.«

»Mrs Lydia eins auszuwischen ist natürlich ein angenehmer Nebeneffekt.« Jester Bunton tritt ein Stück zur Seite, sodass ich einen besseren Blick auf das verwüstete Zimmer bekomme.

»In erster Linie geht es mir um das Geld, das ich bekomme, wenn ich den Verkauf vermittele. Außerdem erwarten die Leute Taten von ihrem Bürgermeister. Das Schloss wird eine Riesenattraktion werden. Luxushotel mit Reitställen oder so. Viele neue Jobs für Zimmermädchen, Köche und Fahrer. Die Leute werden Sylvia die Bude einrennen. Die Geschichte von Blackhill ist zwar interessant, aber was die Menschen wirklich wollen, sind Spukschlösser mit tragischem Hintergrund. Verzweifelte Mädchen, die sich vom Turm gestürzt haben. Der Fluch von Schloss Blackhill eben. Alles, was mit Geschichte zu tun hat, sich aber nicht beweisen lässt.« Er stellt sich so nah vor mich, dass ich den Türrahmen in meinem Rücken spüre.

»Das ist doch alles Unsinn«, widerspreche ich. »Den Fluch hat sich jemand ausgedacht. In Wirklichkeit ist hier nie jemand vom Turm gesprungen oder irgendwie mysteriös ums Leben gekommen.«

»Na und«, sagt Jester mit lauter Stimme. »Wen stört das schon? Im Moment glaubt jedenfalls wieder das ganze Dorf an den Fluch, inklusive Lucy und Gary, die es eigentlich besser wissen müssten. Und morgen früh habe ich auch Sylvia überzeugt. Vor ein paar Minuten war ich mir noch nicht so sicher, aber jetzt habe ich den genialen Plan. Dürfte ich dir etwas zeigen?« Endlich tritt er zurück und weist mit der Hand ins Zimmer.

Ich zögere, aber irgendetwas macht mich neugierig. Dann sehe ich im Zimmer einen schwarzen Schatten, der unter den Schaukelstuhl huscht. Pepper.

»Weißt du«, sagt Jester Bunton hinter mir, »Mrs Lydia glaubt, sie kann den Kredit erhöhen. Seit Tagen rennt sie von einem Bankmanager zum nächsten. Sie hat keine Ahnung, dass ich schon lange alles mit der Bank besprochen habe. Ich habe dafür gesorgt, dass sie diesen Termin heute bekommt, damit ich freie Bahn habe, das Geschäft mit Sylvia abzuwickeln. Lydia hat keine Chance, so weiterzumachen wie bisher. Und überhaupt, wer soll denn das Schloss übernehmen? Ihre einzige Tochter hat sie vergrault. Es ist wirklich das Beste, wenn jemand anderes die Dinge hier regelt. Für Schloss Blackhill und für alle Einwohner von Seacliff.«

Ich beuge mich nach unten und versuche Pepper zu finden. »Ich glaube nicht«, sage ich dabei, »dass die Leute in Seacliff hier ein Hotel wollen. Und Mrs Lydia ...«

Ich spüre Jesters Hand auf meiner Schulter. »Davon verstehst du nichts. Es geht ums Geschäft. Du musst mir übrigens einen kleinen Gefallen tun. Sylvia gefällt die Geschichte vom Fluch ausgezeichnet. Leider hast du viel zu lang meine kleine Warnung, die ich dir im Zimmer hinterlassen habe, verschwiegen. Ich dachte, du rennst sofort zu Lucy, aber inzwischen begreife ich, dass du dich nicht so leicht fürchtest.

Vielleicht könnten wir jetzt das Ganze etwas realistischer gestalten. Wenn du morgen früh nicht in der Schule auftauchst, werden sich alle große Sorgen machen. Natürlich wird jeder sofort an den Fluch denken. Eventuell können wir sogar für einen kleinen Zeitungsartikel sorgen. Ein bisschen Publicity würde Sylvia sicher sehr freuen. Danke für deine Unterstützung.«

Er steht an der Tür und krempelt seine Hemdsärmel runter.

»Was? Nein!«, rufe ich und springe nach vorne. Zu spät! Ich höre, wie der Schlüssel sich im Schloss dreht, und dann Jesters Stimme. »Keine Sorge, morgen findet dich Mrs Lydia bestimmt. Jeder wird glauben, sie hat dich absichtlich eingesperrt. Ist sowieso nur eine Frage der Zeit, bis sie endgültig durchdreht. Du weißt ja, dass keiner sie leiden kann. *Good night – sleep tight.*«

38

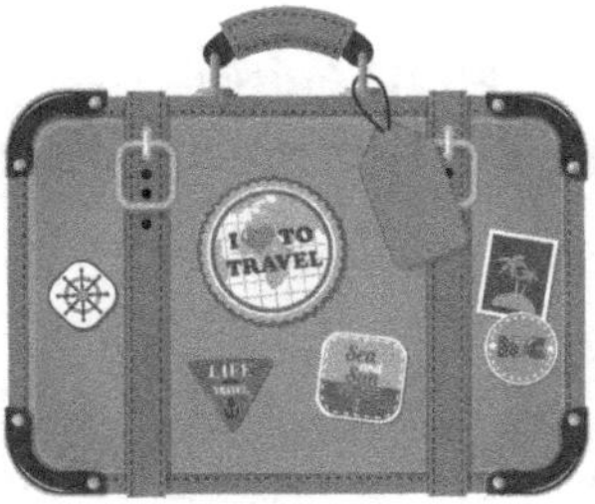

Mit aller Kraft rüttele ich an der Tür und trete so fest dagegen, wie ich nur kann. Nichts bewegt sich. Schließlich gebe ich auf und sinke völlig außer Atem auf den Boden.

Mrs Lydia hatte recht. Jester würde alles tun, um das Schloss zu verkaufen. Die Feindschaft der beiden existiert schon zu lange. Wenn Jester jetzt auch noch die Bank überzeugt hat Mrs Lydia keinen Kredit mehr zu geben, ist die Sache gelaufen.

»Ich muss hier raus«, flüstere ich. »Morgen früh erzählt Jester Bunton allen, ich sei das nächste Fluch-Opfer. Lucy, Gary, Carlo, Sander – sie werden umkommen vor Sorge. Und was, wenn sie dann meine Eltern anrufen?«

Aber das ist auf einmal nicht so mehr wichtig. Der Ärger, den ich zu Hause erwarten kann, scheint nicht mehr schlimm. Ich will Mama und Papa erklären, was hier passiert ist. Ihnen klarmachen, warum ich Mrs Lydia helfen muss und warum ich Lyra helfen wollte. Vielleicht brauchte es ein verfluchtes Schloss und einen hinterhältigen Bürgermeister, um mir darüber klar zu werden. Wenn ich die Chance bekomme, mit ihnen zu reden, werden sie mich verstehen.

»Morgen ist Donnerstag – der Tag, an dem der Inspektor kommt. Wenn dann einer der Schüler spurlos verschwunden ist … Ich kann doch nicht alle im Stich lassen.« Meine Stimme klingt ganz heiser.

Pepper scheint meine Verzweiflung nicht zu stören. Er schießt von einer Ecke des Zimmers in die andere und jagt dabei die verstreuten Blätter auf dem Boden. Dann hält er am Schaukelstuhl an, zieht mit seinen Krallen am Kissen, bevor er sich wieder auf dem Boden wälzt.

Vielleicht kommt Mrs Lydia ja früher zurück. Nur hat Lucy ihr inzwischen wahrscheinlich Bescheid gegeben, dass ich bei Matt und Abby bin. Warum sollte Mrs Lydia mich dann hier unten suchen?

Peppers Energie nimmt von Minute zu Minute zu. Im Moment stochert seine Pfote unter einer zerknitterten Bleistift-Skizze herum. Ich nehme das Papier in die Hand. Es ist das Bild, das ich beim letzten Mal schon gesehen habe.

Florence konnte wirklich zeichnen. Der Junge sieht mich herausfordernd an. Irgendwie cool, aber ganz schön arrogant. Erst nach ein paar Sekunden erkenne ich, wer es ist. Jester Bunton. Die Haare sind länger und sein Gesicht sieht viel rundlicher aus, aber die Augen und das spöttische Lächeln sind unverkennbar. Ich knülle das Papier wütend zusammen, werfe es auf den Boden und stelle meinen Fuß darauf.

Ich greife nach anderen Skizzen. Auf einer davon ist Lucy. Sie war schon damals umwerfend hübsch. Ein anderes Bild zeigt eindeutig Gary mit seinen buschigen Augenbrauen und ich kann auch Abby erkennen. Aber am meisten beeindruckt mich eine Skizze von Mrs Lydia. Sie sieht so viel jünger aus mit halblangen Haaren, von denen ihr ein paar Strähnen ins Gesicht fallen. Aber ihre Augen blicken gar nicht streng, sondern so freundlich, dass ich sie fast nicht erkannt hätte.

Ich muss hier raus! Die Einzige, die Mrs Lydia jetzt noch helfen kann, bin ich.

Ich durchwühle die Schubladen des Schreibtischs. Lyra hat mal was davon erzählt, wie ihr Vater mit einem Schraubenzieher jedes Schloss aufmachen kann. Leider kann ich mich nicht an die Details erinnern.

Die Schubladen sind voll mit Krimskrams. Alte Stifte, Batterien, Kabel und zerknülltes Papier. Aber kein Schraubenzieher weit und breit. Als ich schon aufgeben will, fällt mir etwas anderes in die Hände. »Das ist doch …«, murmele ich.

Der Schlüssel passt ins Schloss. Er lässt sich drehen und die Tür ist offen. Ich kann mein Glück kaum fassen, aber da höre ich plötzlich Stimmen. Kommt Jester etwa zurück? Schnell gehe ich ins Zimmer und ziehe die Tür zu.

»Rebecca – bist du da drin?«

Mein Herz klopft wie wild. Das ist nicht Jester. Ich öffne die Tür – Sander und Carlo sehen mich überrascht an.

»Wie habt ihr mich gefunden?«, frage ich und warte die Antwort nicht ab. Es gibt so viel, dass ich erklären muss. »Jester Bunton.« Ich merke, wie die Worte zu schnell aus meinem Mund wollen und mir gleich die Luft ausgeht. »Er will, dass alle an den Fluch glauben, damit er das Schloss morgen verkaufen kann. Er möchte unbedingt Mrs Lydia eins auswischen, weil sie ihn schon nicht leiden konnte, als er der Freund von Florence war, aber irgendetwas hat er hier im Zimmer gesucht, bevor er mich eingesperrt hat.«

»Eingesperrt?«, fragt Sander entsetzt. Er versteht nicht, dass uns die Zeit davonläuft. Denn wenn Jester Bunton mit seiner Sache durchkommt, wäre das eine Katastrophe.

39

Ich rede und erkläre. Florence war Jesters Freundin, aber Mrs Lydia hat schon früh geahnt, dass Jester immer nur an sich selbst denkt. Den Plan, das Schloss zu verkaufen, hat Jester so raffiniert eingefädelt, dass ihm alle auf den Leim gegangen sind. Mrs Lydia denkt, die Bank ist auf ihrer Seite, aber Jester zieht die Fäden. Und – am allerschlimmsten – im Dorf glaubt jetzt jeder an den Fluch und wahrscheinlich wird Jester allen einreden, dass ein Verkauf die beste Lösung ist. Vor allem wenn er morgen früh ein fünftes Fluch-Opfer vorweisen kann – mich!

»Rache«, sagt Sander nachdenklich, als ich von Jesters altem Streit mit Mrs Lydia und seinen Plänen erzählt habe. »Deshalb will Jester Bunton also das Schloss verkaufen.«

»Nicht nur«, sage ich schnell. »Er behauptet, damit rettet er Seacliff. Das Hotel bringt ja Jobs. Das hat er den Leuten schließlich versprochen, als er Bürgermeister wurde.«

Carlo hat beide Hände an die Schläfen gelegt und sieht aus, als hätte er Kopfschmerzen. »Eine Schande«, murmelt er. »Wenn überhaupt, dann sollte hier ein Museum entstehen. Wer weiß, was es im Schloss noch alles zu entdecken gibt? Alleine die Unterlagen in der Bibliothek.«

»Aus der Bibliothek wird dann bestimmt ein Restaurant«, sagt Sander und schüttelt traurig den Kopf, »oder eine Sauna.«

Carlo reißt die Augen weit auf.

»Wie habt ihr mich überhaupt gefunden?«, frage ich, denn ich kann immer noch kaum glauben, dass die beiden hier sind. »Ehrlich – ich bin so froh, euch zu sehen.«

»Na ja, erst habe ich ziemlich lange gewartet, ob du zurückkommst. Aber mir war schnell klar, dass du mal wieder in Schwierigkeiten steckst.« Ich trete nach Sander, der mir ausweicht.

»Carlo war kaum wach zu bekommen, obwohl ich wie ein Verrückter an sein Fenster gehämmert habe. Vermutlich ist halb Seacliff davon wach geworden. Aber dann habe ich's geschafft.« Sander breitet die Arme aus. »Zum Glück hattest du mir eine ziemlich gute Beschreibung vom Eingang des Geheimgangs gegeben. Carlo hat sich genau an die Stelle erinnert, an der wir Pepper gefunden haben. Der Holunderbusch steht ja ziemlich einsam in der Gegend, auch wenn es schwer war, den Eingang in den Tunnel zu finden. Aber aufgeben zählt nicht.« Carlo grinst gequält und ich erkenne blutige Schrammen an seinen Armen, die er sich vermutlich beim Kriechen durch den Holunderbusch zugezogen hat.

Ich sehe mich im Zimmer um, das jetzt nur noch aus Papieren und Kissen zu bestehen scheint, abgesehen von dem Schaukelstuhl, auf dem Pepper es sich gemütlich gemacht hat.

»Eigentlich wollte Jester Bunton dich gar nicht einsperren, oder?«, fragt Carlo mich.

Ich nicke. »Nee, er konnte ja nicht wissen, dass ich gerade hier auftauchen würde.«

»Aber wonach hat er dann hier unten gesucht?«

»Das hier vielleicht«, sage ich und halte die Bleistiftskizze des jungen Mr Bunton nach oben.

»Wow, der hat ja damals schon so überheblich ausgesehen.« Sander nimmt mir die Skizze aus der Hand.

Carlo muss das Bild von Lucy entdeckt haben, so verzückt, wie er auf einmal aussieht.

»Nee«, sagt Sander. »Nach den alten Skizzen hat er bestimmt nicht gesucht, sonst läge ja nicht alles verstreut auf dem Boden.«

»Er hat einen Ordner mitgenommen«, sage ich. »Da drüben in dem Regal stehen noch mehr davon. Aber er sah nicht so aus, als hätte er alles gefunden, wonach er gesucht hat.«

Carlo ist aufgestanden und zum Regal gegangen.

»Hier kann man sehen, dass etwas fehlt«, sagt er und zieht einen Ordner hervor.

Pepper miaut mich an, als ich aufstehe und zu Carlo gehe.

»Was ist das?«, frage ich.

»Sieht nicht besonders spannend aus. Alte Rechnungen und so ein Kram. Jester braucht wahrscheinlich nur Informationen für diese Sylvia.«

Wir fangen an die übrigen Ordner durchzusehen. Manche enthalten alte Papiere, auf denen kaum noch was zu lesen ist und die alle mit der Hand geschrieben sind. Aber es sind auch Rechnungen dabei, die nicht mal ein Jahr alt sind. Also kommt Mrs Lydia doch noch nach hier unten, denke ich.

»Warum miaut der Kater eigentlich so?«, fragt Sander. »Hat er vielleicht Hunger?«

Ich habe ein schlechtes Gewissen, denn es muss lange her sein, dass ich Pepper zum letzten Mal gefüttert habe, und sein Maunzen klingt wirklich fürchterlich. »Du hast recht«, sage ich. »Ich gehe schnell hoch, da ist noch Katzenfutter.«

»Das übernehme ich«, sagt Sander. »Sonst kletterst du womöglich wieder aufs Fensterbrett. Ich wollte mich sowieso noch mal da oben umsehen.«

Ich will widersprechen, aber irgendwie habe ich keine Lust aufs Turmzimmer. Also nicke ich, gehe zu Sander und nehme Pepper auf den Arm. Sander schaut uns beide kurz an, dann macht er sich auf den Weg. Ich stehe mit Pepper vor dem Schaukelstuhl. Er hat das Kissen vom Schaukelstuhl ganz zerkratzt und in der Mitte prangt ein breiter Schlitz.

»Pepper!« Ich will gerade losschimpfen, aber irgendetwas an dem Kissen ist seltsam. Ich fahre mit der Hand über den zerfetzten Stoff und taste über den Schlitz. »Was ist das denn?«, frage ich.

Sander ist schon aus der Tür, aber Carlo kommt zu mir herüber. Er schiebt mich zur Seite und zieht einen braunen Umschlag aus dem Kissen. Darauf steht: *Last Will – Sir Arthur Blackhill, October 2, 1975*.

»Was heißt das?«, frage ich.

»Steht doch drauf«, sagt Carlo und hält mir den Umschlag hin. »*Last Will.*«

Letzter Wille! Ein Testament – fährt es mir durch den Kopf.

Ich setze mich auf den Boden neben Carlo und versuche zu lesen, was auf dem dünnen Papier steht in der ordentlichsten Handschrift, die mir je untergekommen ist. Es dauert mindestens fünfzehn Minuten, bis ich den ganzen Text gelesen und verstanden habe. Carlo ist so konzentriert, dass er zusammenzuckt, als ich schließlich sage: »Sir Arthur Blackhill – das war der Vater von Mrs Lydia.«

»Richtig«, bestätigt Carlo. »Der älteste Bruder von Jane Blackhill, dem dritten Opfer des Fluchs.«

»Aber hier steht doch, dass sie im Krieg gestorben ist und nicht auf dem Schloss.«

»Genau. Sie ist ihren Brüdern als Krankenschwester in den Krieg gefolgt und dann in Belgien gestorben. Hast du das gelesen?« Carlo deutet auf eine Zeile auf dem fast transparenten Papier.

Ich nicke. »Ja, Arthur hat sich schreckliche Vorwürfe gemacht. Er hat überlebt und Jane ist umgekommen. Jetzt verstehe ich, warum er später dieses Porträt von ihr hat malen lassen, auf dem sie so schön und mutig aussieht. Aber sein Testament ist wirklich verrückt. Es sieht so aus, als hätte er an den Fluch geglaubt.«

In diesem Moment geht die Tür auf und ich zucke zusammen. Es ist Sander, völlig außer Atem. »Was ist denn mit euch beiden los?«, fragt er.

»Das Schloss«, sage ich. »Wir haben ein Testament gefunden. Und du glaubst nicht, was hier steht.«

40

Am Donnerstagmorgen gehört es zu unserem Plan, dass ich erst mal nicht ins Klassenzimmer komme. Es ist kurz vor neun und ich warte auf der Toilette, was sich irgendwie komisch anfühlt.

Bei manchen Plänen weiß man schon von Anfang an, dass sie schiefgehen werden. Als Lyra mir die Sache von ihrem Vater erzählt hat und wir unbedingt die Schule schwänzen mussten, um ihn zu finden, war mir klar, dass das nicht gut ausgehen kann. Aber wozu hat man Freunde, wenn sie nicht zu einem stehen, genau dann, wenn man sie braucht?

Was Sander, Carlo und ich jetzt vorhaben, ist mindestens genauso verrückt. Wir haben ewig darüber diskutiert. Aber am Ende war klar, dass wir es wenigstens versuchen müssen. Lucy, Gary und Mrs Lydia sind inzwischen unsere Freunde. Und es gibt keinen Zweifel, dass sie unsere Hilfe brauchen.

Eigentlich müsste ich todmüde sein, denn wir waren erst nach Mitternacht zurück in Abbys und Matts Haus und ich habe vor Aufregung kaum geschlafen, aber im Moment fühle ich mich so wach, als hätte ich drei Flaschen Cola getrunken.

Abby und Matt haben sich ein bisschen gewundert, als sie mich schon um sieben Uhr angezogen am Frühstückstisch gesehen haben. Sie dachten bestimmt, ich sei nervös wegen dem Besuch des Inspektors heute, und haben versucht mich zu beruhigen. Leider hat das nicht funktioniert.

Um zehn nach neun halte ich das Warten einfach nicht mehr aus. Also schleiche ich mich aus der Toilette. Ich stelle mich auf Zehenspitzen, um durch das Fenster in der Tür, die einen Spalt offen steht, zu sehen. Zum Glück sind alle schon im Klassenzimmer. Ich zähle vorsichtshalber nach. Elf Schüler, Sander und Carlo hinten in der letzten Reihe, Lucy und Gary, der heute aushilft, vorne am Pult. Und daneben stehen Jester Bunton und Sylvia.

Jester gestikuliert aufgeregt und ich beobachte, wie Lucy besorgt ihre Stirn in Falten zieht.

Dann klatscht sie laut in die Hände.

»Jetzt mal Ruhe. Sander, wo steckt Rebecca?«

Alle drehen sich neugierig nach hinten und Lisa lächelt dämlich in Sanders Richtung. Es wäre schön, wenn sie mal mit dem Flirten aufhören würde.

»Keine Ahnung«, sagt Sander. »Sie war schon weg, als wir aufgestanden sind.«

»Was?«, fragt Lucy entsetzt. »Aber warum haben sich Abby und Matt nicht bei mir gemeldet? Rebecca war doch extra bei euch, damit die beiden auf sie aufpassen.«

Mir wird ganz heiß, denn irgendwie haben wir Abby und Matt nicht in unseren Plan einkalkuliert, aber Sander antwortet schnell. »Ich habe ihnen gesagt, ich hätte Rebecca noch gesehen. Ich wollte ja nicht, dass sie Ärger bekommt.« Gut, dass er so schlagfertig ist, denke ich erleichtert.

Lucy will etwas sagen, aber Jester Bunton hat sie schon beiseitegeschoben. *»Oh dear, oh dear.«* Er schüttelt theatralisch den Kopf und schielt dabei auf Sylvia, die hektisch in ihrer Handtasche kramt. »Das kann nichts Gutes bedeuten. Sylvia, ich habe dir doch gestern Abend noch die Raben gezeigt.«

Gary wird ganz blass und greift nach seiner Jacke.

»Denkst du, dem armen Kind ist etwas passiert? Was für eine Tragödie!«, ruft Sylvia. Sie hält ihr Smartphone in der Hand. »Ich wünschte nur, die Handys hätten Empfang.«

Sie drückt wie wild darauf herum, dann stoppt sie verblüfft. »Es sieht so aus, als hätten wir wieder eine Verbindung.«

Emma, Sophie und Cara ziehen ebenfalls ihre Smartphones heraus und schalten sie ein.

Jester Bunton sieht sich verwundert im Klassenzimmer um, dann greift er nach Sylvias Arm. »Es muss der Fluch sein. Wir haben nicht gut genug auf Rebecca aufgepasst. Ich will mir gar nicht vorstellen, was ihre Eltern dazu sagen.«

Oh, denke ich mir. Ich kann mir ziemlich gut vorstellen, was sie sagen werden. Aber zum Glück wird Jester erst mal nicht dazu kommen, sie anzurufen.

Gary ist auf dem Weg zur Tür und ich stoße fast mit ihm zusammen, als ich ins Zimmer gehe.

Mindestens zehn Leute rufen gleichzeitig meinen Namen, doch ich schaue nur auf Jester.

»Meine Eltern, Mr Bunton, fänden es bestimmt äußerst interessant, dass sie gestern versucht haben mich im Schlosskeller einzusperren. Wie ich die beiden kenne, kommt da einiges auf Sie zu.«

Sylvia lässt ihr Telefon nach unten sinken und kommt zwei Schritte nach vorne. »Was sagt das Mädchen da?«

»Rebeccas Eltern sind nicht die Einzigen, mit denen Sie

es zu tun bekommen werden.« Sander ist aufgestanden. »Ich habe meinen Eltern gestern schon eine Mail geschickt, um zu erklären, dass Sie die Mobilfunkverbindung manipuliert haben, damit keiner im Dorf mehr Internetzugang hat. Ich sage nur Turmzimmer.«

Jester Bunton wird blass und mir ist immer noch ganz mulmig bei dem Gedanken, wie weit Sander sich gestern aus dem Turmfenster lehnen musste, um die Mobilfunkantenne neben meinem Zimmer wieder in Gang zu bringen. Ich wäre nie darauf gekommen, was die Metallteile zu bedeuten hatten, mit denen Pepper bei seinem Ausflug gespielt hat.

Zuerst war ich schrecklich sauer auf Sander.

»In der Firma meines Vaters steht auch so eine auf dem Dach«, hat Sander geantwortet. »Sie war einfach nur ausgeschaltet.« Dann zog er etwas aus seiner Tasche. »Da lag auch jede Menge von dem Zeug rum.« Er hielt mir eine Art braunen Stein entgegen.

»Was ist das?«

»Vogelfutter. Die Raben sind ganz wild darauf. Vermutlich hat Jester sie so angelockt, damit sie immer schön ums Turmzimmer kreisen und es perfekt zu der Fluch-Geschichte passt. Ich nehme an, Pepper fand es auch ganz lecker. Deshalb wohl auch sein Ausflug auf den Fenstersims. Wir sollten mal Mr Bunton fragen, wo er das Zeug kauft.«

»Das ist ja ganz ungeheuerlich.« Ich habe Lucy noch nie so wütend gesehen. Ihr Gesicht ist rot und ihre Hände sind zu Fäusten geballt. »Nach allem, was passiert ist, hast du die Geschichte vom Fluch aufgewärmt, um das Schloss zu verkaufen. So war es doch, Jester. Jetzt kann ich deine Handschrift in alldem erkennen. Du hast uns eingeredet, dass es nur eine Frage der Zeit ist, bis wieder etwas passiert. Du hast Rebecca auf dem Schloss einquartiert, obwohl wir alle dagegen waren. Ständig redest du über die Raben. Du wolltest das Schloss attraktiver für einen Käufer machen. Aber ich nehme an, wenigstens deine Geschäftspartnerin hat dich jetzt durchschaut.« Sie blickt zu Sylvia. »Sie dürfen das Schloss nicht kaufen. Es ist nichts wert. Hier gibt es keine Gespenster oder Fluch-Opfer. Es ist einfach nur ein altes, renovierungsbedürftiges Gebäude.«

Sylvia lächelt ein bisschen, aber ihre Augen blicken eiskalt. »Zu spät«, sagt sie, »Mrs Lydia musste gestern bei der Bank ihr Einverständnis zum Verkauf geben und ich habe heute Morgen unterzeichnet.«

»Nein«, rufe ich und springe auf, aber Carlo zieht mich nach unten. Er zeigt zur Eingangstür. Dort steht eine Frau mit weißen Haaren im karierten Kostüm, mit einer Aktentasche. Unsere Inspektorin!

»Interessant«, sagt sie und stellt ihre Tasche auf dem Boden ab. »Ich liebe es, wenn der Unterricht mit heftigen Diskussionen beginnt. Wenn es euch nicht zu viel ausmacht, würde ich gerne etwas zuhören, um mir ein besseres Bild machen zu können. Lasst euch von mir nicht stören. Macht einfach weiter.«

41

Ich weiß auch nicht, wie Lucy es geschafft hat, Jester und Sylvia nach draußen zu verfrachten und jetzt so zu tun, als wäre das hier eine ganz normale Unterrichtsstunde. Inzwischen lächelt sie sogar wieder, als sei nichts gewesen.

Alles, was ich gerade zustande bringe, ist nicht in Tränen auszubrechen. Ich kann nicht fassen, dass alles umsonst gewesen sein soll. Unter dem Tisch hält Sander meine Hand, was sehr schön ist, mich aber auch nicht beruhigt.

»Mach dir keine Sorgen«, höre ich Sanders Stimme in mein Ohr flüstern. »Hast du vergessen, was wir gestern herausgefunden haben? Unsere Zeit kommt noch.«

»Sander, sagtest du gerade *Zeit*?«, fragt Lucy freundlich. »Könntest du uns mal den Unterschied zwischen *Past Tense* und *Past Progressive Tense* erklären?«

Der Unterricht läuft wie am Schnürchen. Ich drehe mich ab und zu um und sehe die Inspektorin zustimmend nicken, dabei kritzelt sie die ganze Zeit auf ihrem Block.

Die Doppelstunde ist noch nicht zu Ende, da steht sie auf, streicht sich den Rock zurecht und geht nach vorne zu Lucy. Obwohl sie ziemlich leise spricht, kann ich genau hören, was sie sagt.

»Ich kam nicht umhin, vorhin etwas zuzuhören. Was für eine Überraschung, dass Schloss Blackhill nun verkauft wird. Heute morgen war ja sogar ein Artikel im Internet darüber zu lesen.«

Sander stupst mich an. Ich halte die Luft an und hoffe, dass alles glattgeht. Wenigstens dieser Teil unseres Plans hat funktioniert. Die Frage ist nur, wie Jester und Sylvia auf unsere nächste Überraschung reagieren werden.

Die Inspektorin räuspert sich. »Habt ihr denn auch etwas über die Geschichte des Ortes gelernt?« Sie sieht mich an, aber Lucy zeigt auf Carlo und der lässt sich nicht lange bitten.

»Wir haben sehr viel von Lucy gelernt, zum Beispiel über Seacliff in der Tudor-Zeit und während der Rosenkriege. Was Schloss Blackhill angeht, war es sogar eine Art Studienobjekt in unserer Freizeit«, erklärt Carlo.

Ich muss husten. Genau, so kann man es auch sagen. Carlo lässt sich nicht stören. Er klingt, als hätte er diese Rede geübt, die Sätze mit den komplizierten Worten kommen ihm flüssig über die Lippen.

»In der Schlacht von Seacliff taucht zum ersten Mal in der Stadtgeschichte der Mythos des Raben auf. Damals wurde der Vogel als gutes Omen angesehen. Doch nur hundert Jahre danach nutzte wohl ein gewisser Baron von Holdright die Legende aus, um den sogenannten Fluch von Schloss Blackhill in die Welt zu setzen. Kreisen die Raben um den Turm, ist die Bewohnerin verflucht und stürzt aus dem Fenster. So oder so ähnlich. Das erste Opfer des Fluchs war allerdings frei erfunden. Baron von Holdright hat ihr den Namen Amali von Putlide gegeben und sogar ein Bild von ihr gemalt. Es hängt im Turmzimmer des Schlosses.«

Ich halte es nicht mehr auf meinem Sitz aus, sprinte nach vorne und male das Anagramm an die Tafel.

»Faszinierend«, sagt die Inspektorin begeistert und Lucy nickt anerkennend.

»Das zweite angebliche Opfer war Ella Roseberry. Im Schloss gibt es Dokumente, die beweisen, dass ihre Familie die Gegend jährlich besuchte. Dabei lernte Ella William Thornton kennen, mit dem sie durchbrannte, um ihn zu heiraten. Wir haben in der Schlossbibliothek eine Heiratsurkunde gefunden.« Carlo grinst in Sanders Richtung und Sander streckt ihm den Daumen entgegen. Ich wusste vorher auch nicht, dass es im südlichen Teil von Schottland einen Ort namens Gretna Green gibt. Eine Art mittelalterliches Las Vegas, wo junge Leute ohne die Zustimmung ihrer Eltern heiraten konnten.

»Und das dritte Fluch-Opfer, Jane Blackhill, ist leider wirklich früh gestorben. Allerdings nicht weil sie vom Schloss-Turm sprang, sondern weil sie als Krankenschwester in den ersten Weltkrieg gezogen ist. Sie wollte ihren Brüdern, die beide Soldaten waren, beistehen.«

Die Inspektorin geht auf Carlo zu und sieht ihn an, als wäre er ein Außerirdischer. »Hast du denn Quellen gefunden für all diese Theorien?«, fragt sie.

»Ja«, sagt Carlo stolz, »aber auf dem Schloss ist sicher noch weiteres Material. Ich wünschte, ich könnte mehr Zeit hier verbringen.«

»Außerordentlich. Ganz außerordentlich«, murmelt die Inspektorin. »Dass ein Junge in deinem Alter Quellen studiert. Und dein Vortrag war ganz ausgezeichnet. Ich nehme an, du hast genaue Vorstellungen, was deine Zukunft angeht.«

Carlo wird knallrot und fährt sich mit der Hand über die Stirn. So habe ich ihn noch nie gesehen. Er sieht so aus, als könne er keinen Ton mehr hervorbringen, deshalb antworte ich für ihn.

»Carlo will in England aufs Internat, aber die Aufnahmeprüfung ist wirklich schwierig. Dabei ist er ein echtes Geschichtsgenie, da müssen die ihn doch einfach nehmen.«

Die Inspektorin holt ein Notizbuch aus ihrer Tasche und lächelt mich an, dann dreht sie sich um zu Carlo. »Das sehe ich genauso. Ich schreibe dir gerne eine Empfehlung. Das wirkt Wunder, glaub mir. Sag mir bitte, um welches Internat es sich handelt.«

Ich bin total überrascht, als die Inspektorin sich danach sofort verabschiedet.

»Aber Sie haben doch noch nicht einmal die Gasteltern kennengelernt. Die sind alle auf dem Weg hierher«, protestiert Lucy.

»Ich könnte Ihnen Schloss Blackhill zeigen«, ruft Carlo und ich trete ihn unter dem Tisch. Hat Carlo etwa vergessen, was wir vorhaben? Das ist ja wohl das Letzte, was wir brauchen.

»Heute leider nicht«, sagt die Inspektorin. »Ich muss noch in einen anderen Ort fahren zur Inspektion, aber die werden es wohl ganz schön schwer haben, euch zu übertreffen.«

»Heißt das, Seacliff bekommt die offizielle Genehmigung für Sprachreisen?«, fragt Sander aufgeregt und für eine Sekunde halten wir alle die Luft an.

»Eigentlich darf ich euch das heute noch nicht sagen. Aber unter uns – dem steht nichts im Wege.« Die Inspektorin steht auf und gibt Lucy die Hand. »Ausgezeichnete Arbeit. Was eine engagierte Lehrerin doch alles bewirken kann. Ich wünsche Ihnen weiter viel Erfolg.«

Sie verlässt das Zimmer und kurz darauf sehen wir, wie sie in ihr kleines rotes Auto steigt, das direkt auf dem Parkplatz nicht weit von den drei Bäumen geparkt ist, und davonfährt.

Ich wünschte, damit wäre für heute alles überstanden. Aber leider liegt der schwerste Teil des Tages noch vor uns. Die Rettung von Schloss Blackhill.

42

»Dann werde ich mal allen Bescheid sagen.« Lucy glüht vor Stolz, als sie endlich aufgehört hat uns in den Himmel zu loben. Nur Albert sieht so aus, als könnte er nicht genug davon bekommen.

Ich sehe zu Emma und Sophie, die beide an ihren Smartphones hängen. »Ist ja krass«, ruft Emma auf Deutsch und fängt an mit Sophie zu diskutieren. Ich bin neugierig und versuche zu erkennen, worauf Emma schaut. »Haben mir meine Eltern geschickt«, sagt Emma und hält das Smartphone hoch.

A sad end for Blackhill Castle, lautet die Überschrift des Artikels und mein Bauch kribbelt, weil ich ganz genau weiß, was danach kommt.

»Lass mich mal sehen«, sagt Lucy und nimmt Emma das Telefon weg.

Ich gehe zu Sander und Carlo, die hinten sitzen geblieben sind.

»Gut, dass mein Vater das so schnell hinbekommen hat«, sagt Sander. »Manchmal ist er doch zu was zu gebrauchen.«

»Ziemlich cool von ihm«, sage ich.

Carlo nickt. »Meine Mutter würde mich ermorden, wenn ich sie mitten in der Nacht angerufen hätte.«

»Ging natürlich nur, weil du tatsächlich die Mobilfunkantenne wieder in Gang gebracht hast. Aber mir erzählen, dass es auf dem Fenstersims zu gefährlich ist.«

»Okay, du hast ja recht.« Sander sieht mich mit einem fast zerknirschten Blick an und ich kann die Schmetterlinge in meinem Bauch spüren.

Es dauert keine Viertelstunde und das ganze Dorf hat sich im Klassenzimmer versammelt. Eigentlich sollten alle ja die Inspektorin kennenlernen. Aber ich weiß, dass sie gekommen sind, weil auch sie inzwischen den Artikel gelesen haben. Sander hat ihn am Morgen heimlich bei Abby und Matt ausgedruckt und in den Briefkästen von Seacliff verteilt. Keine Ahnung, wie er Abbys und Matts Passwort geknackt hat.

Gary, Matt, Abby, Libby, Claire, Christopher, sogar Mr Watts, der den Zeitungsladen betreibt, sind gekommen. Gary nuschelt zuerst vor sich hin, dann sieht er mich an und räuspert sich. Er fasst sich verlegen an den Schnurrbart und spricht übertrieben deutlich. »Es ist eine Schande. Jester hat uns alle übers Ohr gehauen. Wenn wir gewusst hätten, dass dieser Sylvia nicht zu trauen ist.«

»Sie hat schon drei Landhäuser und zwei weitere Schlösser gekauft und alle stehen leer«, seufzt Abby. »Natürlich wird sie den Besitz irgendwann weiterverkaufen, aber wer weiß, was dann daraus wird. In diesem Artikel steht, dass es Jahre dauern kann, bis jemand tatsächlich etwas mit den Gebäuden anfängt. Und wir können nichts dagegen tun.«

Lucy hat Tränen in den Augen. »Das Schlimme daran ist, wir hätten die Chance gehabt, die Sache zu verhindern. Sylvia wurde ja anscheinend von dem angeblichen Fluch angelockt. Und wir hätten wissen müssen, dass es Unsinn ist, aber irgendwie sind wir wohl etwas abergläubisch.«

Gary blickt auf seine Schuhe und Matt schüttelt den Kopf. »Die arme Lydia«, sagt er. »Nach allem, was passiert ist.«

Ich ärgere mich, dass er jetzt auch so geheimnisvoll über Mrs Lydias Vergangenheit redet. »Kann uns mal einer erklären, was damals genau passiert ist?«, frage ich und Sander ruft: »Wird nämlich endlich Zeit!«

»Es war die Sache mit Helena, ihrer Enkelin. Mrs Lydia hat sich das bis heute nicht verziehen«, beginnt Lucy, nachdem sie sich die Tränen weggewischt hat. »Helena war ein echter Wirbelwind als Kind. Ganz im Gegensatz zu ihrer Mutter Florence. Florence mochte keine Aufregung, sondern irgendwo am Meer sitzen und lesen oder zeichnen. Sie liebte die Ruhe. Da war es fast eine Sensation, dass ihre Tochter ausgerechnet während eines Sturms geboren wurde.«

Gary nickt bedächtig mit dem Kopf. »Das Kind hat das ganze Schloss auf den Kopf gestellt. Hat auf dem Treppengeländer gesurft, als sie gerade mal zwei Jahre alt war. Und im Ballsaal ist sie Gokart gefahren mit Rollschuhen an Händen und Füßen. Hatte die verrücktesten Ideen.«

»Florence und Max haben sich große Sorgen gemacht. Ständig musste jemand auf Helena aufpassen, auch als sie schon im Schulalter war. Mrs Lydia hat immer nur gelacht. Helena war die Enkelin, die sie sich immer gewünscht hatte. *Eine echte Blackhill*, war alles, was sie zu Helenas Abenteuerlust gesagt hat.« Lucy reibt sich die Schläfen, als versuche sie sich an etwas zu erinnern.

»Ich habe Max und Florence an dem Tag getroffen, bevor es passiert ist. Sie waren auf dem Weg nach London, um mit Leuten zu sprechen, denen die Idee gefiel, Schloss Blackhill der Öffentlichkeit zugänglich zu machen. Sie waren nervös, weil sie Helena fast nie alleine ließen. Dabei war Helena damals schon zehn Jahre alt.«

Lucy schluckt, dann sieht sie in meine Richtung. »Natürlich war kein Fluch im Spiel. Dass die Raben um den Schlossturm kreisten, haben sich die Leute hinterher einfach ausgedacht. Es war ein dummer Unfall. Eine Steinplatte direkt vor den Treppen im ersten Stock war locker. Helena hat irgendwas gespielt, bei dem sie den Gang entlang an den Treppen vorbeirannte, wieder und wieder. Aber dann gab die Platte nach, sie stolperte und stürzte die Treppe hinunter. Es sah zunächst sehr schlimm aus. So als könnte sie nie wieder laufen. Aber sie hat sich schnell erholt.«

»Wie furchtbar«, rutscht es mir heraus.

»Florence war so wütend auf ihre Mutter. Bevor sie ausgezogen ist, hat sie sogar gesagt, dass man die Geschichte mit dem Fluch doch ernst nehmen sollte. Dass Blackhill eben kein Ort sei für Kinder.«

Gary murmelt: »Dabei hat sie das gar nicht so gemeint.«

»Nein«, sagt Lucy, »sie hat sich einfach schuldig gefühlt. Florence ist nie wieder nach Seacliff zurückgekommen.«

Ich denke daran, wie traurig es für Mrs Lydia sein muss, ihre Familie nicht mehr zu sehen. Und für Florence und Helena, die sie sicher vermissen. Matt räuspert sich. »Ich finde, wir sollten zum Schloss gehen. Mrs Lydia müsste inzwischen zurück sein und nach allem, was wir über den Verkauf des Schlosses wissen, ist es das Beste, sie nicht alleine zu lassen.«

Sander ruft sofort: »Genau, wir müssen Mrs Lydia finden.« *Weil das ja zu unserem Plan gehört,* denke ich. Sander lächelt mir zu.

43

Sander, Carlo und ich laufen voraus, gefolgt von den anderen Sprachschülern. Dahinter reihen sich Lucy, Gary und die meisten der Gasteltern ein. Graue Wolken verhängen den Himmel und irgendetwas ist heute anders, denke ich, während wir schweigend den Pfad hinaufsteigen.

»Die Raben fliegen nicht«, sagt Sander, als hätte er meine Gedanken gelesen. »Wahrscheinlich weil ich gestern Nacht den Rest des Futters nach unten gefegt habe. Vermutlich sitzen sie fett auf dem Parkplatz vorm Schloss und können sich nicht mehr bewegen.«

Carlo lacht. »Oder dein Kater hat sie gefressen«, sagt er zu mir.

Ich merke, dass ich den beiden nicht richtig zuhöre. Auf dem Parkplatz vorm Schloss stehen Pumpkin und daneben das schwarze Auto von Jester Bunton. Es parken noch zwei weitere Autos dort, eine schwarze Limousine und ein beiger Jeep.

Das Schlosstor ist weit offen, und als ich über die Schottersteine laufe, kann ich jede Menge Stimmen hören, die durcheinanderreden. Gary drängelt sich nach vorne und geht zuerst ins Schloss. Lauter, als ich es ihm zugetraut hätte, ruft er: »*Silence* – jetzt sind alle mal still.«

Lucy läuft sofort zu Mrs Lydia, die ganz blass aussieht. Sie ist überhaupt nicht geschminkt und hat ihre Haare zu einem Knoten zusammengebunden. »Lydia – wir haben den Artikel gelesen. Es tut uns so schrecklich leid.«

Ich halte es nicht mehr aus. Alles, was ich die ganze Zeit sagen wollte, platzt aus mir heraus. »Sorry. Es ist meine Schuld. Ich hätte besser auf das Schloss aufpassen sollen, aber Mr Bunton kannte den geheimen Gang und er hat mich im Kellerzimmer eingesperrt. Ich habe zum Glück den Ersatzschlüssel gefunden und dann waren da auch noch Sander und Carlo ...«

Mrs Lydia kommt auf mich zu und nimmt mich in den Arm. Sie riecht nach Pfefferminztee und Lavendelseife. »Aber, aber, Darling. Es war meine eigene Dummheit, die zu dieser Katastrophe geführt hat. Dabei habe ich die ganze Zeit nur daran gedacht, wie ich das Schloss retten kann.«

Hinter Mrs Lydia steht eine große Frau mit hellen Haaren und braunen Augen. Sie trägt ein geblümtes Kleid. »Mum«, sagt sie, »es fällt dir offenbar immer noch schwer, dich zu entschuldigen.« Sie beugt sich etwas zu mir herunter und sagt: »Mein Name ist Florence und du musst Rebecca sein. Meine Mutter hat mir vorhin erzählt, dass sie eine Gastschülerin hat. Eine von der besonders zähen Sorte mit neugierigen Augen und wilden Locken.« Sie lacht und ich finde sie gleich noch netter.

»Was soll das hier eigentlich?«, ruft eine Stimme vom Treppenabsatz. Jester Bunton sieht aus, als hätte er gerade mit einem Tiger gekämpft. Sein Hemd hängt an einer Seite aus der Hose und seine Haare sind völlig zerzaust. Ich freue mich, dass man ihm seinen Stress ansieht. »Kann jetzt bitte jeder wieder nach Hause gehen. Ich will der neuen Besitzerin das Schloss zeigen.«

Sylvia steht neben Jester und lächelt gelangweilt, während sie ihre Fingernägel betrachtet.

»Wir wissen, was du getan hast«, ruft Gary. »Du hast das Schloss an jemanden verkauft, der es nicht wirklich nutzen wird. Sylvia ist bekannt dafür, dass sie mit Immobilien spekuliert. Es kann sein, dass hier alles jahrelang leer stehen wird. Man kann über Sylvia und ihre Firma alles im Internet nachlesen.« Er schnaubt so laut, dass ich automatisch ein Stück zur Seite gehe.

»Aber, aber«, sagt Sylvia, die mir von Minute zu Minute unsympathischer wird. »Ist das nicht etwas unhöflich? Ich werde natürlich mein Bestes tun, um dieses wunderbare Schloss wieder zum Leben zu erwecken. Wann genau das sein wird, kann ich leider nicht sagen.«

Florence dreht sich um und läuft auf Jester zu. »Du bist wirklich noch schlimmer, als ich dich in Erinnerung habe. Für Geld würdest du alles machen, oder? Hast du vielleicht vergessen, was ich dir früher erzählt habe? Das Testament meines Großvaters. Meine Mutter kann das Schloss gar nicht verkaufen.«

Jester Bunton verzieht seinen Mund zu einem unglaublich überheblichen Lächeln. »Auch schön, dich wiederzusehen, Florence. Wer hätte gedacht, dass du jemals hierher zurückkommen würdest? Nachdem deine Tochter doch einen so tragischen Unfall auf Schloss Blackhill hatte. Und du hast den Rest der Familie auch gleich mitgebracht.« Neben Florence steht ein Mann mit kurzen rötlichen Haaren, der Florence die Hand auf die Schulter legt. Und auf der anderen Seite sehe ich jetzt erst ein Mädchen mit schwarzen Locken, einen Kopf größer als Florence. Sie trägt Jeans, ein schulterfreies Top und ich erkenne sie sofort.

»Na, Onkel Jester«, sagt sie so laut, dass ihre Stimme von der Decke widerhallt. »Hast du es mal wieder geschafft, alle gegen dich aufzubringen? Ich kann mich zwar nicht erinnern, wann Mum dich zuletzt erwähnt hat, aber früher, als ich noch auf dem Schloss gewohnt habe, gab es jede Woche Ärger. So viel weiß ich noch.«

Jester geht auf sie zu und schüttelt den Kopf, als könnte er es nicht glauben. »Helena, wann bist du nur erwachsen geworden? Du kommst ganz nach deiner Großmutter. Wie lange ist es her? Sechs Jahre? Ich weiß noch genau, wie du Knallfrösche aus dem Turmzimmerfenster nach mir geworfen hast.«

Es macht mich ziemlich glücklich, Helena Storm Blackhill, deren Gesicht ich so gut von dem Porträt im Turmzimmer kenne, putzmunter in der Halle stehen zu sehen. Den Unfall vor vielen Jahren hat sie offenbar gut überstanden. Sie sieht so fit aus, als könnte sie jederzeit einen Marathon laufen oder durch den Ärmelkanal schwimmen.

Mrs Lydia blickt immer wieder abwechselnd von ihrer Tochter zu ihrer Enkelin. Ab und zu reibt sie sich die Augen, als könnte sie nicht glauben, dass die beiden tatsächlich hier stehen.

»Mutter«, sagt Florence und es klingt ein bisschen steif, als hätte sie das Wort lange nicht benutzt. »Es tut mir leid, dass wir nicht früher gekommen sind. Ich habe schon vor einiger Zeit Gerüchte gehört, dass Schloss Blackhill in Schwierigkeiten steckt. Und Max und ich haben einen Plan gefasst.

Wir haben Unterstützer gefunden, die uns helfen werden, Teile des Schlosses in ein Museum umzuwandeln. So wie du und ich es immer geplant haben.«

Alle sind ganz still und sehen Mrs Lydia an. Sie macht den Mund auf und zu, aber es kommt kein Laut heraus.

»Das ist doch perfekt«, ruft Carlo mit rollendem R. »Eine Lösung für das Schloss und für den ganzen Ort.«

Helena geht zögernd ein paar Schritte auf Mrs Lydia zu. Sie sieht so viel größer aus als ihre Oma. »*Come on, Grandma.* Es ist ein prima Plan. Ich bin bald mit der Schule fertig, dann können Mum, Dad und ich zurückkommen. Drei Generationen Blackhills auf dem Schloss, was sagst du?«

Mrs Lydia sagt gar nichts. Sie fängt an zu schluchzen und fällt Helena um den Hals.

Alle reden durcheinander und die Stimmen füllen die alten Mauern von Schloss Blackhill so wie vielleicht früher, als auf dem Schloss noch große Feste stattfanden. Sander steht ganz dicht neben mir.

»*Nonsense,* Unsinn«, brüllt auf einmal Jester Bunton von der Treppe. »Blackhill ist rechtsgültig verkauft an Sylvia. Florence, du kommst zu spät. Aber wo du schon mal hier bist, kannst du deine verrückte Mutter auch gleich aus dem Schloss entfernen.«

Florence lässt die Hand von Max los und bahnt sich ihren Weg durch die Menschen, um zur Treppe zu kommen. »Du weißt genau«, sagt sie zu Jester Bunton, »dass nur ich das Schloss weiterverkaufen kann. Laut dem Testament meines Großvaters hat meine Mutter Blackhill nie besessen. Es ging direkt an mich.«

»Wovon redest du?«, ruft Mrs Lydia.

Gestern Abend habe ich mich gewundert, wie Mrs Lydia wohl reagieren würde, wenn sie erfährt, dass sie nie Schlossbesitzerin war.

»Es tut mir leid, Mum.« Florence dreht sich um. »Jester und ich haben das Testament entdeckt, als wir noch in der Schule waren. Wir haben uns oft die alten Dokumente in der Bibliothek angesehen und eines Tages den Umschlag gefunden. Großvater wollte das Schloss nicht an deine Mutter oder dich vererben, er hatte auf einen männlichen Erben gehofft. Vielleicht weil er heimlich an den Fluch glaubte. Du warst schwanger, als er krank wurde und das Testament schrieb. Also vermachte er das Schloss deinem Kind – mir. Er hatte wohl gehofft, ich wäre ein Junge. Und weil er vor meiner Geburt starb, konnte er sein Testament nicht mehr ändern.«

»Warum, Florence?«, fragt Mrs Lydia und hört nicht auf den Kopf zu schütteln. »Warum hast du mir nie davon erzählt?«

»Ich wollte nicht, dass du traurig bist. Ich hatte Angst, du könntest denken, Großvater hätte dir nicht vertraut. Am Ende war er wohl nur furchtbar abergläubisch.« Florence dreht sich zurück zu Jester. »Du kennst das Testament. Du weißt, dass der Kaufvertrag mit Sylvia ungültig ist.«

Jester zieht sein Jackett aus und reißt an seinem Hemdkragen. »Beweise, meine Liebe. Was dir fehlt, sind Beweise. Für mich klingt das alles so, als hättest du es dir gerade ausgedacht.«

»Oder auch nicht«, rufe ich und halte den Umschlag in die Höhe, den ich die ganze Zeit in meiner Jackentasche hatte.

»Was soll das?«, fragt Jester Bunton.

»Das ist das Testament. Unterschrieben von Arthur Blackhill, im Jahr 1975«, erklärt Carlo.

»Unsinn!«, ruft Jester. »Ich habe gestern das ganze Kellerzimmer durchsucht, da war nichts. Alle Unterlagen von Arthur sind in diesem Ordner.«

»Erst hat er das Zimmer durchwühlt, danach hat er mich darin eingesperrt«, rufe ich. »Aber der Umschlag war im Kissen vom Schaukelstuhl versteckt.«

Florence lächelt. »*Clever children.* Ihr habt recht. Ich erinnere mich.« Sie verschränkt die Arme und sieht Jester mit einem vernichtenden Blick an. »Und du verschwindest jetzt ganz schnell von hier. Und damit meine ich nicht nur das Schloss, sondern ganz Seacliff. Wenn du dich noch einmal hier blicken lässt, wird das schlimme Folgen für dich haben.«

Und dann kann ich kaum noch etwas sehen oder hören. Alle jubeln. Helena fällt Mrs Lydia um den Hals und Sander wirbelt mich durch die Luft. Ich lasse den Umschlag auf den Boden fallen und fühle mich auf einmal federleicht.

Eine Stunde später stehe ich neben Sander im Ballsaal und atme die kühle Luft ein, die nach alten Gemälden und Möbeln riecht. Wir haben mitgeholfen die Betttücher von den alten Möbeln und Bildern zu ziehen. Carlo ruft jedes Mal entzückt, wenn eine Kommode oder ein antiker Sessel zum Vorschein kommen. Gary hat Pizza für alle organisiert, auch wenn das nicht gerade zu einem Schlossbankett passt, wie Mrs Lydia anmerkt. »Besser als Shepherd's Pie oder ihr mieser Eintopf«, raune ich Sander zu und beiße in die Pizza.

Lucy spielt Musik über einen tragbaren Lautsprecher. Sie redet und lacht mit Florence, ihrer alten Freundin.

Auf einmal steht Helena vor Carlo, Sander und mir. »Ein Hoch auf die Retter von Schloss Blackhill«, sagt sie strahlend. »Herzlichen Dank im Namen meiner Familie!«

»Du bist also das letzte Fluch-Opfer«, antwortet Sander.

Helena schüttelt sich vor Lachen. »Nein. Aber ich war ziemlich wild und habe meine Eltern jeden Tag zur Verzweiflung getrieben. Ein altes Schloss war vielleicht wirklich nicht der beste Ort für mich, als ich klein war. Aber ihr könnt euch gar nicht vorstellen, wie sehr ich meine Großmutter vermisst habe. Wir haben so viel gemeinsam.«

»Hoffentlich fährst du besser Auto als sie«, sage ich und stopfe mir das letzte Stück Pizza in den Mund.

»Ich mache nächste Woche meinen Führerschein«, lacht sie. »Falls ich ihn bestehe, müsst ihr euch in Acht nehmen.«

Das Fest dauert bis spät in die Nacht. Als alle aufbrechen, um nach Hause gehen, bringe ich Sander und Carlo zum Schlosstor. »Ich kann nicht glauben, dass es morgen zurück nach Hause geht«, sage ich. Carlo and Sander denken genau das Gleiche, das ist mir klar, aber einer musste es endlich aussprechen.

Lucy taucht hinter uns auf. »Keine traurigen Gesichter, bitte. Was ihr für Seacliff getan habt, werden wir euch nie vergessen. Und sobald ich Bürgermeisterin bin, werde ich euch drei zu Ehrenbürgern machen. Dann sehen wir uns hoffentlich regelmäßig.«

Wir lachen, aber ich merke, wie mir eine Träne die Wange herunterläuft. Gut, dass es dunkel ist.

In Hamburg

»Hau ab, raus aus meinem Zimmer.« Ben quietscht, als ich ihn nach draußen schiebe. Warum hat er sich nur so gut erholt, dass er mir ständig auf die Nerven gehen muss?

Ein paar Minuten später steht Mama hinter mir.

»Na, hast du fertig gepackt?«

»Nee«, sage ich. »Ben rennt ja dauernd hier rein.«

Sie lächelt. »Soll ich dir helfen?«

Zusammen falten wir meine T-Shirts und Shorts. Mama will natürlich zu viele warme Sachen einpacken.

»Ein Pulli reicht, echt.«

»In unserem Koffer ist noch Platz«, sagt Mama. »An der Nordsee kann es ganz schön kalt sein, auch im August. Solltest du jetzt eigentlich wissen.«

»Holland ist nicht England, Mama. Wir sind quasi an der Südseite der Nordsee, sagt Sander.«

Mama lässt sich auf mein Bett fallen. »Sander, Sander, Sander. Du kannst es kaum noch abwarten, stimmt's?«

Sie hat mich natürlich durchschaut. Ich setze mich neben sie. »Ich freue mich total, dass es doch noch klappt mit dem Familienurlaub. Auch wenn es nur eine Woche ist. Und Sanders Eltern haben kurzfristig noch eine Ferienwohnung für uns gefunden!«

»Und Ben kann jetzt auch in Urlaub fahren«, sagt Mama und seufzt, während sie mir über den Kopf streichelt.

»Ja, das war bestimmt nicht leicht für euch«, sage ich. »Zum Glück hattet ihr mich ausquartiert.«

Mama nimmt mich in den Arm. »Du bist ganz schön erwachsen geworden in deinem englischen Sommer«, sagt sie. »Und Papa und ich haben auch einiges dazugelernt. Wir hätten ganz anders reagieren sollen, als die Sache mit Lyra passiert ist. Eltern sind eben auch nur Menschen.«

Ich nicke einfach, finde es aber total lustig, dass Mrs Lydia genau das Gleiche zu mir gesagt hat. Mama und Papa wissen natürlich nur die Hälfte von dem, was in Seacliff passiert ist. Ehrlich, mit der Wahrheit wären sie überfordert.

»Danke, dass ihr Lyras Vater gefunden und ihm die Meinung gesagt habt. Die ganze Geschichte mit Aaron Ramsey hat er sich also nur ausgedacht?«

Mama nickt. »Es tut ihm schrecklich leid. Er hätte sich nie vorstellen können, in welche Schwierigkeiten er Lyra und dich bringt. Aber wenigstens ist Lyra jetzt für ein paar Wochen bei ihm in Wales. Doch bevor die Schule anfängt, siehst du sie ja schon wieder. Sie wollte ihren Geburtstag am liebsten mit dir verbringen.«

Ich muss lächeln und stelle mir vor, wie wir auf Lyras Bett sitzen und von unseren Erlebnissen erzählen. »Das heißt, wir sprechen beide fantastisches Englisch am Ende dieser Ferien«, sage ich und hebe stolz das Kinn.

»Deine Gastmutter hat übrigens eine E-Mail geschrieben an Papa und mich. Sie lobt dich über den grünen Klee. Noch nie wäre ihr ein so schlaues und hilfsbereites Kind über den Weg gelaufen. Und deine Englischkenntnisse seien exzellent.«

Ich verschlucke mich fast. »Hat sie das wirklich geschrieben?«

»Ja, natürlich. Sie will auch, dass wir sie im nächsten Sommer besuchen kommen. Wenn es irgendwie klappt, sollten wir das auf jeden Fall machen. Papa, Ben und ich wollen ja auch mal dieses Schloss Blackhill sehen.«

Mein Smartphone klingelt. »Ich kann mir denken, wer das ist«, sagt Mama. »Aber fass dich kurz. Ihr zwei seht euch ja schon morgen.«

»Hi.« Sander schneidet eine Grimasse auf dem kleinen Bildschirm. Ich verdrehe die Augen.

»Mein Koffer ist gepackt«, sage ich.

»Cool. Wer passt auf den Kater auf?«

»Papas Sprechstundenhilfe kommt und füttert ihn. Ich hoffe, er vermisst mich nicht zu sehr.«

Sander lacht. »Du meinst, hoffentlich vermisst du ihn nicht zu sehr. Super von deinen Eltern, dass du Pepper behalten durftest.«

Ich stelle das Telefon auf dem Schreibtisch ab und setze mich auf den Stuhl davor. »Sie hatten ein schlechtes Gewissen, weil sie so streng waren mit mir. Da predigen sie einem nämlich jeden Tag, dass man für seine Freunde da sein soll, und wenn man es wirklich durchzieht, ist es auch nicht richtig. Und dann hat Lyras Mutter mit ihnen geredet und die ganze Geschichte noch mal erklärt.«

»Carlo hat mir gestern geschrieben«, sagt Sander. »Im nächsten Monat hat er seine Prüfung fürs Internat und es ist tatsächlich ein Empfehlungsschreiben für ihn eingegangen. Er klang ziemlich glücklich.«

»Das freut mich echt«, sage ich und strahle Sander an. »Bis morgen dann.«

»Etwas wollte ich dir noch sagen.« Er kommt mit dem Gesicht ganz nahe an die Kamera. Ich sehe jede einzelne seiner Sommersprossen.

»Ja?«

»Die Sache ist die. Unser Ferienhaus an der Nordsee – ich will dir ja keine Angst machen, aber es gibt da diese alte Geschichte, dass es verflucht sein soll ...«

Ein *Chicken House*-Buch im Carlsen Verlag

Umschlagbilder: Adobe Stock / JoyImage, partyvector, sabelskaya, iuliia
Umschlaggestaltung: Henry's Lodge, Vivien Heinz
Lektorat: Anja Kemmerzell
Layout und Herstellung: Karen Kollmetz
Satz: Pinkuin Satz und Datentechnik, Berlin
Gesetzt aus der Alegreya Pro
ISBN 978-3-551-52106-4
Printed in Germany

www.chickenhouse.de